亲历
《青年一代》
辉煌时

吉传仁　著

上海三联书店

作者 20 世纪 80 年代工作照

郝铭鉴：一颗年轻人的心
（《青年一代》第二次笔会，1986年10月摄于浙江金华）

我们是一支战斗的团队
（1987 年 10 月 17 日摄于安徽太平湖）

打倒"四人帮",寒冬过去,春回大地,1979年《青年一代》创刊了!

　　创刊不久,发行量逐期飙升,七年达到印数527万册。据说,这个数量需用两千辆四吨卡车装运。啊! 走向辉煌的日子最甜蜜。

　　我曾经是该刊编辑,参与过工作,亲历辉煌,写下这段经历,说说前尘往事。

目　录

就说两句吧（代序）

夏　画

农历丁酉年春节前，我的同事、挚友老吉送来了一部书稿，61篇文章，约二十万字，有"后记"，他吞吞吐吐地露了一句话："这部书稿就少了一篇《前言》。"我听了没多思考，留下书稿。等读完全篇后，我才意识到，这篇"前言"，他不强求由谁来写，看我是否拎得清。

我自然不敢婉拒、推托，就"代序"说两句吧！

第一句：吉老兄为《青年一代》的发展兴旺、改革创新，呕心沥血，凌厉生姿，功绩卓著，令人敬佩；

第二句：传仁一生辗转多个单位，年近半百，步入《青年一代》，他勤业精心，树德育人。他自认为，这是他一生中进入"最理想"、"最热爱"、"最能发挥"、"最心情舒畅"的团结集体，让他充分发挥了"师兄"、"老大哥"、"青年导师"的表率、团结、示范作用。我感激他！

《青年一代》从1979年创刊，发行量能节节上升，办得还可以，深受青年读者欢迎，很重要的一点是：刊物编辑部拥有像吉传仁同志一样的一批踏踏实实、认认真真、一丝不苟的志士能人。我作为刊物主编，深感幸运：黄浦江水深千尺，不及同仁相聚情！

五十加盟

报到那一天

清算"四人帮"后，落实知识分子政策。

1979年，我刚过半百，朋友胡瑞文知道我爱读书，他向共事过的上海人民出版社郑维淑介绍我去编辑《书林》杂志。

过去，我在工厂办业余学校，做不出成绩。"文革"中，在厂里又莫名其妙地被打成反革命修正主义分子。后来，被借到报社、机关工作了七八年，我好似无根的浮萍，没有扎根的地方。现在能去编辑《书林》，内心不胜喜悦。

5月15日这天，细雨霏霏，我打着一把工厂发给的福利伞，身穿一套因50岁生日做的卡其布中山装，怀着兴奋又有点紧张的心情，去出版社报到。

社领导毛振珉领我到《青年一代》编辑室开会，经介绍，得知有社长宋原放，主编夏画及二男一女三位编辑。坐定后，听他们讨论办刊宗旨、方针、读者对象等等。说实话，我没有完全听懂、听进去，脑子里想着怎么叫我参加《青年一代》会议？狐疑一阵子，会议结束了。

毛振珉把我领到社长办公室外面一间小会议室，坐下后，她要我到《青年一代》好好工作，还讲了一通青年工作的重要性。心中有狐疑不敢问。部队对调动工作有一句话："通不通三分钟。"战士服从分配，不得讨价还价，我只好默认已成了《青年一代》的人。

我参军后当文化教员，转到地方办业余学校，一直搞成人教育，如今要去和青年人打交道，编辑青年刊物，困难不小。怎么办？我告诫自己：这份编辑工作得来不易，不能被打回老家去。领导授予我这根笔杆子，我就应该把文章写好，于是暗下决心：克服困难，不能落后，永不掉队。

认真读刊

　　第一天早早上班,已见昨天一位中年女编辑在打扫办公室,她笑脸相迎,对我说"早",指点我坐一张双人办公桌。我未去坐,帮助整理一张张办公桌上的东西。她已知道我姓名,告诉我她叫"颜安",还有两位叫何公心、余志勤,欢迎我这个生力军。她热情有礼,我感到亲和。

　　不一会,编辑同志都来上班了。主编走过来,递给我两本《青年一代》丛刊,只出了两辑,要我熟悉一下内容,并说了几句今后在一起共事的客气话。

　　《青年一代》"发刊词"发第一辑首篇。栏目有:"和青年谈学习"、"纪念'五四'运动六十周年"、"革命回忆录"、"杂文与小品"、"高考复习指导"、"经济谈片"、"青年生活顾问"、"文学作品欣赏"。

　　第二辑栏目有:"丹心永向党"、"青春颂"、"学习革命传统"、"科学家谈学习"、"学习指导"、"音乐欣赏"、"杂文与小品"、"青年生活顾问"、"青年信箱"、"传奇文学介绍"。

　　上班时间,我聚精会神按栏目顺序逐篇逐句阅读,琢磨,特别认真反复阅读"发刊词",熟悉编辑任务。发刊词中写道:"她将成为青年最真挚的同志和朋友。青年正在思考、探索的问题,她重视;青年迫切需要解决的问题,她关心;青年的呼声,她反映。"

那时《青年一代》三个月出一辑,是季刊,我去正要发第三辑稿。我怎么按发刊词要求组稿?组什么稿?何处去组稿?我开始艰苦思索……

敢于领先创新

亮起爱情这盏灯

我长期生活在基层,看到过许多青年男女谈情说爱,听到过无数爱情故事,但是报纸杂志不见有文章。现如今改革开放了,人们思想解放了,何不请人写点这方面的内容发表,或许读者爱看。

平平常常爱情故事没人爱听,人人爱听的爱情故事何处去找?

文化广场正在上演芭蕾舞剧《天鹅湖》,芭蕾舞演员个个年轻美貌,肯定有爱情故事,去碰碰运气。

我第一次组稿,走出编辑部,乘车去西郊上海芭蕾舞团,误打误撞,遇到著名舞蹈演员、正在演《天鹅湖》的余庆云,说明来意,得到她热情接待。她说了一个难得的爱情故事:

"我团小朱姑娘,她的男朋友在工厂奋勇救火,不幸脸部、双手严重烧伤,小朱没毁婚约,毅然举行了婚礼。……我团舞蹈演员择偶有共同点:注重人品、才学、志趣、性格。"

天赐我也!我当即表示,请她们帮我写这篇稿子。她叫来能写文章的芭蕾舞女演员杨晓敏。我和小杨一番交谈后,她很乐意写好这篇稿子。

有了正面爱情故事,还要找一个反面典型。人海茫茫何处找?离婚闹到法院,必有典型事例,去法院找。先跑黄浦区法院,没有;跑静安区法院,也没有;跑到虹口区法院,找到了:有一对青年男女,女爱男"财",男取女"貌",他俩很快就经历了同居——结婚——破裂——分手的过程。没几天,接待我的那位同志就把这篇《他们为什么要离婚?》写好寄给我了。

芭蕾舞团的稿子迟迟未见,这是一篇重头文章,不能缺失。文化广场就在我社绍兴路后一条马路上,我几乎天天在她们演出前去后台找杨晓敏催稿,主编老夏也帮我去催过一次,最后她们请该团笔杆子钱某锦改好给我。

雨果说过"爱情是盏不灭的灯",与其遮着,不如亮着。我们在《青年一代》1979 年第 3 辑上亮起了爱情这盏灯:《甜蜜的爱情幸福的生活——介绍上海芭蕾舞团演员的爱情生活》。同辑,发表了《他们为什么要离婚?》。两篇文章发表后反响巨大,国内《中国青年报》等报刊相继转载"芭蕾舞团演员的爱情生活",中央人民广播电台也全文广播。国外法新社惊呼"中国报刊打破了恋爱禁区"。《青年一代》在社会上一下子提高了声誉。

最早打开"婚介"大门

《青年一代》把爱情这盏灯点亮了，男青年女青年找到了"家"，纷纷向我们倾诉恋爱中的甜酸苦辣，有一位大龄姑娘来信说：

编辑同志：

我现在已是二十七岁大姑娘了，还未曾尝过恋爱的滋味。过去，我期盼着那美好的爱情生活，等待着有一天能找到一个朴实、好学、思想深邃、感情丰富、有事业心的青年。可是，我渐渐失望了，在我周围很少有我心目中的对象，也没有什么社交活动可以参加。请人介绍吧，也是很别扭的。有时我想，找不到我所爱的人，不如不结婚。但现实告诉我：年龄大了没"对象"，也会成为人们闲谈的新闻人物。除了社会舆论外，还有家庭的压力。有什么办法摆脱这种命运呢？许多结过婚的人都劝我："现实点儿吧，不要那么爱幻想了，一结婚就了事了。"我真不愿过没有爱情的生活，我毕竟是一个有思想的人啊！我该怎么办呢？

肖芬

这是一封苦恼大龄姑娘的求助信,不能推诿,不能回避,想到前不久开过一个座谈会,几位团干部要我们关心关心大龄男青年的婚姻大事。英国大作家哈代说过"呼唤者与被唤呼者很少相应"。怎么办?让社会关心,让大家关心。《青年一代》1980年第四期刊出了这封短信。一石激起千层浪,引来全国各地600多位大小伙子向苦恼大姑娘写来求爱信。

好!除转给肖芬一部分信外,我从中选了12名上海大小伙子,通知他们到编辑部开"读者座谈会",其实是"相面会",了解他们的思想、外貌。有趣的是女作者冯茜得知这一信息,兴趣盎然,愿扮演我们的工作人员倒水送茶,看看应征大小伙子的神态表情。

12位来参加座谈会的大小伙子,一个个穿得干干净净,打扮得漂漂亮亮,兴冲冲来到会议室,以为编辑部请他们来与肖芬姑娘相亲了。

座谈会开始,我请大家发言。与会大小伙子见到倒水送茶的漂亮姑娘,以为是"苦恼的大姑娘",发言三言两语,眼睛不断瞟冯茜。见我不揭谜底,猴急的大小伙子问我:"今天请我们来到底干什么?"我答:"请你们评议《青年一代》。"他们很失望,顿时冷场,我宣布散会。

之后,我从12人中选出七名,一一电话联系,说明为他们征友,他们欣然同意。于是同年第六期"征友服务台"刊登了《大小伙子自我介绍七则》,并写了编者的话:《大姑娘的苦恼》一文发表后,编辑部收到大量来信,其中不少信反映了"大小伙的苦恼",他们希望本刊能为大小伙子做"红娘"。应这些同志的热切要求，我们愿作一次"征友"尝试，把几位同志的情况介绍如下。有意的女青年，请来信作自我介绍，附照片一张，并表明你愿与哪一位交朋友，寄本刊编辑部。编辑部收到来信，将分别情况给予答复。

七名大小伙子中有四名教师，二名技术员，一名公安干部。七则征友信发出后，收到 2354 位应征女青年来信，大多指向一位学历高、有房产、父亲落实政策的教师。我们认真处理来信，根据她们所指，把信分给七位大小伙子，要求他们在编辑部看信，每人选五名上海女青年，按 12345 顺序在我处接待室见面，不得私自联系。都不中意，算放弃，一律不收费。由一家刊物如此组织"婚介"活动，国内初见，大概不会错。

"婚介"大门一开，大龄男女青年求爱信纷纷飞来。他们喟叹"人海茫茫，知音难觅"。有几位女作者在信中推心置腹地向我倾吐自己选择对象的想法、要求和困难。从七位姑娘来信中摘引几段择偶心曲，征得本人同意后，我化名"边及"写了一篇《她们的选择》，登在本刊 1983 年第二期上。文末写道："或许有勇敢的小伙子指名道姓要和其中一位姑娘交友，我们负责转达。谁是幸福者？当由姑娘自己选择，联系。"

嗬！这次收到男青年应征信一万多封。编辑部电话不断，来访者络绎不绝。有位郑州读者在信中说："文中涉及的各位姑娘，选择对象的标准大都是强调精神方面的因素，追求人品，这正是社会主义道德和精神文明在恋爱方面上的反映，这种恋爱观将愈来愈受到社会尊重，令人称颂。"这次征友长达一年有余。喜结良缘的女子只有一人。但落选男子都能收到姑娘一封签名"致谢信"。（七位姑娘各拟一封致谢信,由编辑部打印代发。）

白玉兰(化名)复信是这样写的——

同志:

你好!

首先感谢你对我的理解和支持。你的热情和真诚,你对真挚爱情和崇高友谊的勇敢追求,使我深受感动。虽然从未见过面,但我们的心灵在这一点上已经相通了。

边及同志在《青年一代》上介绍了我的情况后,收到全国各地大量来信,这些来信我都读了,心中充满了温暖和信心。但我只能有一个选择,很多好同志我只好舍弃了,十分抱歉。

天涯处处有芳草。其实像这样择偶条件,追求真正爱情的女青年为数不少,相信你一定会或迟或早遇上志同道合的好伴侣。

和你亲切握手!

白玉兰

《青年一代》征友活动影响很大,香港有家电视台还专程到编辑部拍新闻片,把我正在接待上海化工学院一位青年女教师拍入镜头。拍摄不久,我从广州开完笔会乘火车回上海,座位对面有位港客端详我许久,说是在电视里看到过我,如此这般一说,我才知道香港已播放了这次拍摄镜头,可惜我没有看到。

　　后来,由于杂志日常繁重的出版业务,我们编辑人员当然不能长期陷于这项工作,呼吁上海最好成立婚姻介绍所,帮助大龄青年男女解决实际困难。为此,我曾在解放日报上发表《应该多成立些婚姻介绍所》。此文获得很多青年及家长赞同,有位读者甚至写信给报社推荐我当上海婚姻介绍所所长,殷切之情溢于字里行间。

为受屈辱者鸣不平

主编把处理来信来稿的任务交给我,我每天要认真阅读、处理大量信稿。

一天,读到一位青年女工写的七八千字长信,信中倾诉她的不幸遭遇,我心久久不能平静。信有如下一些内容:

金色的童年时代,我曾作为上海市少年宫小伙伴艺术团舞蹈组的组员,穿着白色舞裙,随着优美的琴声,在外宾们的掌声中翩翩起舞,通过我的舞姿,将新中国的深情厚谊传送给各国人民。

我参加区体操队,在宽敞的体操房里,在高低杠上,在平衡木上,在柔软的地毯上,洒下了我的汗珠。

初中毕业后,进入技校,我不顾刚上完夜班的疲劳,在市技工学校体操比赛中,为学校夺来了体操全能名次。

1966年9月,我被正式分配进厂。不久,在电视台演出节目。不料,演出归来,在厂的中央大道上,在车间的墙壁上,看到了一式几份造谣、污蔑、漫骂我的大字报,说我"生活作风不正派","乱搞男女关系","曾几次被公安局拘留过"。

莫须有的罪名，一瞬间哄传了全厂，人们相信了：年轻活泼的报幕员，原来是一个"乱搞男女关系"的浪荡姑娘，舞台上天真无邪的"小卓嘎"，原来几次进过公安局。

而后，因父亲是小业主被抄家，我被红卫兵剪去了头发。

为了摆脱偏见和恐怖，我和一个没有爱情基础的男子结了婚。婚后不能相处，闹到法院离婚。那些污蔑我的大字报内容又沉渣泛起……

读完这封长信，我立即通知这位闵行汽轮机厂女工到编辑部面谈，证实所言属实。我同情她，安慰她，表示我们一定会认真处理。

因为她闹离婚去过法院，她的遭遇法院一定很清楚，为了报道不失真，我乘车去闵行法院进一步核实情况。市区到闵行车程较长，这中间喜识一位作者，值得插叙：

时不空过，我正在阅读刚出版的一期《青年一代》，不料引起身边一位女青年注意，要借我手中杂志一阅，她见杂志上盖有编辑部印章，发现我是编辑，便想和我聊聊。我去法院了解情况后，和她在约定的地址见面，边走边聊，聊读书、理想、形势及人世间一切，聊得默契，直到天黑，同乘末班车回上海。她叫问某鸽，北京人，在上海读过大学，毕业后，分配到广州一家照相机厂工作，这次回上海搞光学实验。小问有文学素养，说一口普通话，（她曾在大学里当过广播员）正派、大方、有才，后来成为我的作者，为我刊写过多篇文章，帮助我出过好点子。又一次偶然，《中国妇女》老总到上海招聘编辑、记者，我向老总推荐小问，而后她当上了妇女杂志编辑。现在她定居美国亚特兰大,每年年初一,她都会打电话向我祝贺新年。《青年一代》出彩,编辑也沾光。

话回原题,法院证实这位女工遭遇,表示同情,但无法为她消除影响。

"四人帮"粉碎三年了,千千万万被诬陷迫害的老干部、知识分子都得到了平反昭雪,像这位女工这样无数小人物还处在屈辱之中。恶行贬折了一个人的价值,《青年一代》要为受屈辱者鸣不平,就发表了林静《我的遭遇》。(林静,是化名。她喜欢《青春之歌》中的主人公林道静,去掉名中"道"字,为林静。)为此文,我们请人写评论,呼吁社会关心这样的同志:"如果这位青年就在你单位,你是落井下石,避之唯恐不及呢,还是赤诚相待,让她回到同志中间应有的友情和温暖?"

此文发表后,社会上反响强烈。有人责问:"粉碎'四人帮'三年之后,林静仍处于受人非议的痛苦之中,我们不禁要问:当林静受到精神折磨时,那些领导同志,你们对群众的痛痒关心了没有,对那些至今还在散布流言蜚语的人,你们是否感到有责任批评教育呢?"

有人呼吁:"为林静和我们这些无罪的女青年说几句公平话吧!"

有人鼓励:"林静同志,美好的未来在等待着你,振作起来吧!"

林静所在的汽轮机厂老工人真情地对我们说:"《青年一代》功德无量!功德无量!"

新华社上海分社为《我的遭遇》发了统稿。

"冬天夺走的人格，新春会还给你。"近千封读者来信送来了春天般温暖，也温暖了林静一颗冰冷的心。

不久，有关领导把林静调到上海机床公司工作，使林静重新燃起了生命的火花。

引起广泛关注的"佛国"姑娘

　　文友马立诚对我说:"《青年一代》,每期栏目都要设得好,每个栏目内的文章都要好看,每年发一二篇震撼人心的文章,杂志影响就会很大。"这是高要求建议,编辑同志也是朝这个方向努力的。

　　《青年一代》创刊以来,在走向辉煌的七年中,发表过十余篇社会影响巨大的文章,有冲破爱情禁区的《甜蜜的爱情幸福的生活——介绍上海芭蕾舞团演员的爱情生活》;有最早的征婚启示《大小伙子自我介绍七则》;有受屈辱的女子来信《我的遭遇》;有艺坛新秀李谷一《致〈青年一代〉的信》;有著名诗人流沙河的《我的七夕》;有奇特的《连体兄弟的婚礼及其它》;有问编辑的《姑娘可不可以这样追求爱情》;有邻里间情意深深的《蛇巷》;有写七位知识姑娘的《她们的选择》;有揭露《一个身居要职的伪君子》;有令人同情难忘的《"佛国"姑娘的悲剧》等等。这些文章发表后,曾引起社会广泛关注。

　　举一例说:浙江作者李烈钧在《青年一代》1982年第四期发表了一篇《"佛国"姑娘的悲剧》,全文如下:

东海莲花洋面的普陀山,风光秀丽,洞幽山奇,寺院古刹,比比皆是,素负"南海胜景"盛名。

传说,这海天佛国供奉的观音菩萨大慈大悲普渡众生。然而,对生长在这个美丽海岛上的一位可怜姑娘,救苦救难的大力士却施展不了任何神通和法力。

巍峨庄严的殿宇里,香烟缭绕。在那"一叶一莲花,一佛一如来"的圣地南侧,一间木头板小屋,潮湿阴冷的石板地上,蜷缩着这个姑娘。她,蓬头垢面,面容憔悴,苍白消瘦的脸上,明亮的大眼不时闪过阵阵哀怨的神情。她饮食无常,手脚被铁链捆锁着,身上盖一床破烂发黑的棉絮,时而仰天凄切地狂笑,时而伏地悲怆地哭泣。她昼夜卧伏在这六七平方米的小屋里,已度过了漫长的岁月。陪伴她的,是年近七旬老母的唏嘘,除此以外,便只有斗室北窗外岩壁上野草的瑟缩和山溪流水的嘀嗒。

偶尔,她神智稍微清楚些,会嘿嘿哂笑着用普通话答复好心的探望者的简单问话。如若问及她的年龄,任何时候她都回答:十八岁。

是的,她大脑细胞存留的清醒意识,停留在十八岁。对任何一个姑娘,这都是金子一般的韶华岁月,她当然也不例外。何况,她天生丽质,花容月貌,身姿窈窕,楚楚动人,是海上有名的标致姑娘。

她爱唱爱跳,是学校文艺活动的积极分子。她参加公社的文艺会演,清亮的嗓音和妩媚的笑脸使得无数小伙子为之倾倒。她和女友到新华书店柜台前买书,会使旁边的游客情不自禁地打开照相机,偷偷地拍下这位农家少女的俏丽倩影。一家画报的摄影记者,还曾请她戴上渔家姑娘的斗笠和肚兜,挎上演出用的"钢枪",用大海、蓝天和礁石做背景,完成了一帧动人的艺术摄影作品。

花儿一般的姑娘面前,仰慕者接踵而来。她家破旧的厨房兼客堂,说客盈门,几乎踏断门槛。但是,小伙子们的一张张面容还没来得及在她的眼帘留下一个清晰的视像,一位风度翩翩的男人闯入了她的生活,获得了她的青睐。

幸运儿来自北京,是一位文化干部,出差到普陀山,经人撮合,两人相识了。旖旎的海岛风光,浓郁的佛教气氛,别致的农舍渔村,一切都使他觉得新鲜,感到陶醉。对于姑娘,他更是相见恨晚,一见钟情。

他服饰挺刮,谈吐风雅,温柔多情,很快赢得了姑娘的好感。于是,玩海滩、踏山径、逛寺院、穿松林,爱情的火焰在两人心中萌发和燃烧。

他们沉湎于花前月下,卿卿我我,朝朝暮暮,难舍难分。城市干部和农村姑娘之间,如果爱情是专注和坚贞的,应当同样可以美满和幸福地结合。年龄相差十几岁,这浅浅的沟渠,似乎也很容易用甜蜜的爱情琼浆来填平。

文化干部回到北京,不断写信来,倾吐相思,情话绵绵。信一封接着一封,姑娘应邀出远门了。"佛国"姑娘第一次离开家乡,来到繁华的首都。北海、故宫、香山、颐和园……照相机自拍器滋滋作响,一个个镜头摄下了她和他欢愉的笑脸和缠绵的偎依。姑娘在北京住了一个多月,爱情之花渐趋成熟,可望结出甜蜜的果实了。

应该回家了,她依依不舍,告别了情人,怀着美好的希冀,带着幸福的憧憬,回到千里之外的海岛。女友们妒忌她,小伙子们讽刺她,好事者们羡慕她,她都温柔地笑笑,不作回答。人都在希望中生活,此刻,善良的姑娘心里对终身大事感到踏实,她唱歌、演戏、劳动、学习,痴情地期待着。

如此,两地相思,书信往来。男方还不时寄来一些钱。一年多以后,全家人同意这门亲事,写信到北京,希望快些结婚,让姑娘早日有个归宿,也可以免去许多口舌是非。

老母亲天天倚门盼望,终于,寺院放生池里荷花盛开的时节,盼来了未婚女婿的同事——他受委托,带姑娘进京。

姑娘欢欢喜喜地上路了。坐轮船、乘火车、过城市、渡江河⋯⋯一切在她眼里都充满光彩,都那么美好。可是,万万没想到,那个受托带她的代理人半途起了歹意,对她施加了暴力。柔弱的姑娘心慌意乱,哪里抵御得住。她悲愤难抑,一路流泪不止,愁眉苦脸地到了北京。

在温情脉脉的情人面前,她不安,她发怵,她痛苦。犹豫再三,心地单纯的姑娘认为,隐瞒是不忠诚的,她向他诉说了途中的遭遇,双泪长流。她多么需要安抚、慰藉和体贴啊!

法律与道德岂能容忍不法行为! 那个摧残姑娘身心

的人受到法律制裁。可是,与此同时,姑娘失去了情人的钟爱。他对她冷淡、疏远,这位接受现代文明教育的文化干部,竟然将姑娘被污辱失身当做莫大的耻辱,一切山盟海誓都付诸东流,貌似坚固的爱情长堤被冲垮了。

文化干部婉转地说:"咱们不能结婚,你还年轻,文化不高,跟我一起,场面上走不出去,还是回去念几年书再说吧!"

姑娘是敏感的,她完全领会了其中的潜台词。她没有想到,狂热地爱她的情人会是这样的态度。她感情的支柱倒塌了。精神上的痛苦加上被抛弃的打击,她病倒了。

他曾出钱给她治病。可是,纵然灵丹妙药也治愈不了一颗被侮辱和被损害的心灵。他当然也是清楚的。

她回到普陀山,渡轮泊岸,踏上码头,一眼瞥见海岸牌坊上"同登彼岸"的题额,便伤心地抚着石阶嚎啕大哭,哭声撕心裂肺。她颓然倒地,精神失常了。

从此,南海圣境多了一个疯姑娘,披头散发,狂奔乱喊。她捶打着自己的胸口,拉扯着游客的衣衫……可是,海天茫茫,哪里去寻那一去不返的初恋?哪里还能见到他的身影?

神智稍清时,她呜咽悲啼着,撕照片、撕情书、还撕自己的病历,任那张张碎片如同白色蝴蝶随风飘散。可是,阵阵海风,又怎能吹散她心头的痛楚和伤感!她愤怒,苦恼,哭泣,苦笑……

这些年来,家里曾经多次到湖州、绍兴等地精神病院替她治病。一个农户之家，外出就医，一路艰难，千辛万苦可想而知。然而，耗尽了家资，也一直治不好病，只能眼睁睁地看着她在石板地上疯疯癫癫地苦挨岁月。

人们同情她、怜悯她，为她叹息，为她不平；而那文化干部呢？

可怜的疯姑娘，当年的风貌依稀犹存。生活对你确实不公平！你如果能放眼风物，从长计议，该有多好。

此文发表后，不胫而走，在城市，在农村，在工厂，在学校，在军营……牵动了无数人的恻隐之心，激起了无数人的怜悯之情，有人寄来医治精神病偏方，有人赠物赠款，在美华侨也寄来150美元给"佛国"姑娘，当地政府干部送"佛国"姑娘进医院治疗，几十位到普陀山休假的老干部去看望她。主编夏画数次带编辑送食品、把群众的赠物赠款送给她，关怀慰问。而且，还引起了一位理论工作者的关注，他在文章中写道：

究竟谁戕害了"佛国"姑娘的心，酿成了这幕悲剧？

"朋友妻不可欺"，是那个人面兽心的代理人。是那个"谈吐风雅，知书达理"的文化干部，直接伤害姑娘纯洁的心，导致姑娘精神失常。是千百多年来社会世俗的偏见，对妇女贞操的一种封建伦理观念。它是一把真正杀人不见血的软刀子！

有人说讲贞操就是封建思想，这显然是一种误解。我们讲贞操只在对爱情的忠贞、专一，反对性放纵。

女子失身要作实事求是的分析，有的在暴力下失身，有的在恋爱过程中受骗失身，有的在迷惘中误入歧途失足失身，等等。姑娘失身,决不等于失真心、失爱情、失贞操。

《"佛国"姑娘的悲剧》这篇文章引起广大读者关注,影响巨大深远。过了几年,我游普陀山,有心问那里一位大妈知不知道"佛国"姑娘被骗,大妈说:"知道,《青年一代》发表过文章。"

到了 1985 年,有两位关心"佛国"姑娘的同志二次去宁波市精神病医院探望她,她的病情已有好转,还写了几个字:

　　谢谢广大读者对我的关怀,我一定好好养病。

经历一次大麻烦

　　1984年上半年,我同时接待了《中国妇女》金某英和四川一家出版社闵未儒老总。闵走后,金有事要找电影艺术家孙道临,孙道临我熟,陪她去淮海路武康大楼孙府。路上,金说你们杂志办得好,得到广大读者信任,我也有事对你说说,想得到你帮助。我们停下脚步,站在永嘉路一个弄堂口,金详细说了她和丈夫的关系,丈夫有外遇,对她不好,打她,打孩子,过不下去。我说了一些劝好不劝离的话。

　　10月,我去北京组稿,到《中国妇女》杂志社回访金某英,金又向我谈了丈夫的劣行,且越演越烈。这次,她递给我一份揭露丈夫劣行的材料。为证实这份材料内容,我多次多侧面以多种形式向熟悉他们夫妻关系的同志调查了解,核实情况。

　　一、材料提到她和丈夫在山西太原的一段经历。

　　我去太原组稿,向山西人民出版社老干部余大中了解,余说他和金某英夫妇亲如家人,并向我介绍了他俩的成长过程,在"文革"中他俩艰难相爱,金对李(金某英丈夫)忠诚。证实金反映属实。

　　二、材料写"一次偶然的机会,我终于发现他身上有一封不具名的情书,经了解,得知对方是一名 25 岁的姑娘"。

据了解,这个姑娘是山西教育局曲某某,金将曲写的情书交给了团中央。为这事,领导曾对李作过批评,李答应与此女不再往来。1978 年,有人看到李留一女青年住宿。事后,李写一份底稿,说女青年是樊的女儿,要姓樊的作假证。后来,樊检查了自己不该"助纣为虐",并将假证给了金某英。

三、材料说"他与一个轻佻的女人频繁往来,同车出入......"

这个情况从李所在报社二位中层干部马某某、陈某某处得到证实,这个"轻佻的女人"姓魏,李和魏是上下级关系,不在同一办公室,但吃饭、看电影、上下班都经常在一起,关系不正常,引起他们夫妻矛盾,群众有非议。为此,领导找李谈过话,不许他和魏私自来往。报社内有人不具名写信向团中央反映过他俩关系不正常。又据《中国妇女》杂志社同志反映,金的儿子(11 岁)在社内对人说,妈妈出差,有个阿姨(指"魏")常在车站等他爸爸。爸爸对这个阿姨态度很好。

四、材料说,她被丈夫殴打。

金被丈夫殴打,《中国妇女》人人皆知。问、高、侯三位记者、编辑都说,金被丈夫打得不能在家安身,只好和女儿睡到妇女社办公室。与金、李同住一个大楼里的团中央某老干部也知道金被丈夫打,并说他曾关心过金。

五、材料说,李打儿女。

金的女儿(17 岁)说,爸爸狠心打她,一次,脸被打得肿了起来,她找了街道办事处和团中央干部反映。李还当着老师的面打儿子。儿女害怕这个凶父亲，常厮守在母亲身边。妇女社同志说金某英的儿女是"妇女社的孩子。"

据此种种，我们认为李身为青年报刊负责人，为人作风不正，有从精神上、肉体上虐待妻子儿女的行为，为维护妇女权益，保护下一代身心健康，对青年读者进行为人道德、品质教育，我们对材料整理删节后，经金某英过目确认，署名"钟承"，以"来信"形式发表在《青年一代》1985 年第一期"道德法庭"栏目内。发表的来信，未用金丈夫的真实姓名，有意回避单位、北京地址。下面是来信全文：

一个身居要职的伪君子

我丈夫在某青年报社身居要职。他常在报刊上发表文章，道德啊，情操呀，谈得洋洋洒洒；他常在各种会议上作报告，慷慨激昂，一副坚定的样子。然而，正是他，在灵魂深处却藏着一个肮脏的世界！为了党的声望不被玷污，社会道德不被践踏，这里，我要揭露这个伪君子的真实面目。

我和他是在大学新闻系读书时相爱的。1961 年毕业分配，他由于家庭问题的牵累，不能留在大城市，我随他一起到了山西。当时正是三年经济困难时期，吃的是高粱面、榆树皮面，生活十分艰苦。我不顾自己身体浮肿，省下口粮给他，并且跟他一起承受了极左路线下政治上的歧视，精神上的重压。第二年我们结了婚。十年动乱开始后，我们被打成了"黑苗子"、"黑五类"，我陪他一道受审查挨批斗。我的女儿是在大批判喇叭声中降临人世的。1970年,我随着他到了一个贫穷的村子里插队落户。

真是在劫难逃,下去当农民不久,省里清查"516",他又被冠以"516"分子之名。在他关押长达两年多的时间里,我带着仅仅两岁的女儿,尝尽了人世间的辛酸。我从小在城市里长大,没干过庄稼活,这时,只得自己学赶车,学种地,一连打三千斤煤饼……艰苦的生活,繁重的劳动,使我落下了一身病。即使在这样的情况下,我也没有一天不惦念他,每隔一两天就给他写信,或者给他寄钱寄粮寄衣物。为了避过看守耳目,我和他只能从八分钱邮票背后那一点点天地互通消息,告诉他世上的变化,告诉他林彪一伙摔死的消息,鼓励他坚定地活着,我和女儿等着他平安回家……两年里几百个黄昏,我常抱着女儿伫立在村口那山坡上,盼望着邮递员能带来他的消息。山坡上那孤零零的枣树,能为我和女儿的一片痴情作证啊!当时,我还顶着巨大的压力,为他上诉、申辩,希望他能早日获得"解放"。

在人生的艰难历程中,我没有表现过任何动摇。我觉得夫妻之间在危难之中相互扶持,是做人的道德,是应尽的义务。我为他作出了一个妻子、同志能够作出的最大牺牲。然而,灾难过去后,我得到的是什么呢?

粉碎"四人帮"后,我们在政治上舒了一口气。两年后,组织上又先后调我们到大城市里工作。这时,我们已有了两个孩子。调动前夕,他被批准为预备党员。我生命的第二个春天来临了。谁知境遇变化了,他的感情也变化了。随着地位的步步高升,他的丑恶灵魂也暴露得越来越彻底。

到了大城市后,我们仍然都搞报刊宣传工作。过去共过患难,而今仍是同行,该有多少话可说啊!可他感情的水银柱却一下降到了零度以下,对我不理不睬,避免与我见面。多少次,我试着像过去那样与他谈心,他却冷酷地说:"过去我爱过你,可现在不爱了。""我就是讨厌你,无论如何你也激发不起一点我对你的热情。"甚至还说:"我们的婚姻基础本来就不好,我们的结合是历史的错误,是山西的特定历史条件把我们捏合到一起的。"天啊,他竟然会这样闭着眼睛亵渎自己和别人的感情!曾几何时,不就是他,在大学里曾经那样甜言蜜语地追求着我;不就是他,在我们结婚照的背后亲笔写下:"我们的结合是永久的,这结合与天地同在,与日月并存";不就是他,在两年监禁中,日记里写下那么多思念我和女儿的话;不就是他,在"牛棚"里对别人说:"我再也找不到比她更好的人了,如果她不幸死了,我决不再娶!"……时过境迁,这一切,他今天全忘了,都抛到九霄云外去了。

我苦口婆心地劝他,为了孩子,为了我们多年夫妻情义,不要毁了这个家,千万不要搞什么婚外感情……他就指着我鼻子说我"不开通"。为了帮我"开通",他竟动用了拳头,有一次把我按在地下猛踢,我嘴流血,浑身青紫,跑到了机关,领导和同志们看到,无不气愤。有两次都是冬天,我被迫住到熄了炉火的办公室里去避难。一次偶然的机会,我终于发现他身上有一封不具名的情书,经了解,得知对方是一个 25 岁的姑娘。啊,原来他的感情早已转移了。

为了家庭,为了孩子,组织上对他作了批评,他答应与"第三者"断绝往来,我还是原谅了他。然而,他并没有真正吸取教训,改邪归正。时隔不久,他又旧病复发,有了新人。他利用手中的权力,亲自出马将一个轻佻的女人招进自己单位,并以学习外语为名,瞒着双方家人频繁往来,同车出入,一起逛公园,遛马路,看电影,乘这个女人的丈夫不常在家的机会,钻到她家鬼混。他对我说"值班"、"写稿"、"开会"、"录音",但一了解,都是在撒谎。他用各种手段逼我离婚,恶狠狠地说:"我是一条道走到底,一意孤行!""告诉你,别作梦,我永远不会回心转意!""你是不是想拖我?拖我到头发白?"他还用轻蔑的口吻对我说:"你看过《第三次浪潮》吗?以后家庭的组合,婚姻的结构,都是不固定的,有的同居不结婚,有的保持婚姻关系不同居,还可以试婚,婚后也可以找情妇。总之,比较自由,这是历史发展的大趋势!"他为了迎接这个"大趋势",达到另求新欢的目的,甚至于在孩子头上出气,利用折磨孩子的手段来折磨一颗母亲的心。他扇儿子耳光,用皮带和拳头"惩治"女儿,拿羽毛球拍抽孩子……还咒骂女儿:"你是你妈的小帮凶!"他狠心得连父女之情都毁掉了。

在忍无可忍的情况下,我向有关领导汇报了情况,领导上与他约法三章,规定在任何情况下,都不许他再与这个女人接触。他当面表示服从,可是回到家里大发雷霆,叉袖叉腰,凶神恶煞,戳着我的鼻子大吼:"今天咱俩兵戎相见。"以往吵架时,他也几次说过"早晚要动刀子",我怕他真下毒手,全力挣脱,带着生病的儿子逃到走廊,他在后面猛力追上,把我的手指拧肿,吓得儿子失声大叫,在楼下碰见了外出回来的女儿,三人一口气跑到了一位领导干部家,拍开门时,我几乎瘫倒在地。我汇报了家里发生的事情,孩子们害怕,说什么也不敢回去,最后,组织上决定送我们到机关暂住。深夜十二点,母子三人互相搀扶着,凄楚难言,我,一个刊物的副总编,在维护妇女和儿童合法权益的今天,竟然连自己的权益也无法维护,和我的孩子流落街头,有家难归!冷风中,我满含泪水,多么想向苍天发出呼喊:法律和纪律难道对这样的邪恶者就真的无能为力了吗?

我已经在极度的精神痛苦中生活了六年。六年中,因为过去我们真心相爱过,共过患难,为了我们有一双聪明可爱的儿女,我对他原谅过,容忍过,以极大的耐心等待过,可是,一切都无济于事。随着在业务上不断受到重用,他错误地理解党的今天的干部政策是"有才便是德",如今落实知识分子政策,谁也不敢对他怎样,因此,常常不可一世地威胁我:"你告我去,告到中央又能怎么样?我还是我。"尤其令人气愤的是,他大耍两面派手段,一方面说永不与我和好,逼我执笔写离婚协议,并签了字,一方面又对外说是我逼他离婚;一方面从精神和肉体上折磨自己的儿女,一方面则对外假惺惺表示他多么酷爱孩子……为了让他的真面目大白于天下,为了使我这颗心不再受屈辱,我不得不向上申诉,我正在等待着一个公正的结论。

钟承

一九八四年十一月四日

这期《青年一代》付型后,上海和外地共八家印刷厂开始了紧张的印刷工作。未料到,在印刷过程中,某青年报党组领导王某某打电话给主编夏画,她说:得知《青年一代》要登批评李某某的文章,违背了中央七号文件规定,我们不同意发表。

随即,夏画又收到未具名加急电报,警告他:"受团中央书记处和全国妇联书记处委托,再次电告:金某英文章不得刊登,中央领导同志有批示,你们不要干扰。按七号文件精神,你们不将该文送双方组织阅看,不给被批评者看,是错误的。如刊出,你们要负政治责任。"

收到电报当天,某青年报又派两人来交涉。夏画同志正在接待时,我接到该报向我反映情况的一位中层干部电话,要我保护他,不能说出是他反映。

三天内,《青年一代》陆续收到上海市委办公厅、市委宣传部转达中央办公厅秘书局及某某青年报党组转达团中央书记处类似内容的一份电话记录和一份加急电报。

对此,主编沉着应对,向本社领导、上海市出版局、上海市委宣传部作多次汇报,说明内容经过核实,没有错误,没有违背中央七号文件精神，没有必要停印这期杂志，因为这将给国家经济造成重大损失，给《青年一代》造成不良影响。

我亲历事件全过程，少不了要我多次写详细经过，说明情况。

编辑部写给某某青年报党组领导王某某的信：

22日电话，24日未具名电报收悉。经反复研究：一、发表金某英同志来信，我们没有违背中央一九八一年七号文件精神，没有点名批评"李"，没有点"某某青年报"名，没有提到"北京"字样，甚至金某英来信署名也是"钟承"二字。二、发表"钟承"来信，我们认为，没有违背四项基本原则，不涉及党和国家的重大方针政策问题。由于《青年一代》第一期已于一月十四日付型，纸型已发往重庆、西安以及本市八家印刷厂开机印刷，文章实难撤回。

以上请转达团中央，如有需要，我们派人赴京详细陈述。

同时，又致信中央办公厅秘书局：

顷从上海市委办公厅获悉，中央办公厅秘书局有电文建议我刊不发金某英同志披露其丈夫李某某文章。本刊经过慎重研究，认为此文没有直接点名和具体单位及北京字样，没有违背中央第七号文件精神，另寄清样请阅。第一期已于一月十四日付型，纸型已经发往全国，在目前开机印刷的情况下，我们实难变动，请谅。

上海人民出版社《青年一代》编辑室

一九八五年一月二十五日

　　事关重大，社领导、主编和我这个发稿人，于 1 月 26 日专程赴京，就此事向中宣部出版局、文化部出版局、团中央书记处、中央纪委办、中顾委章蕴同志反映情况。

　　那几天，北京天寒地冻，当我们冒着风雪，半夜回到丰台旅馆时，服务台递给我们一封钟承文中所指"魏"某人的抗议信。生怕他们夫妻再来纠缠，第二天一早，我们把住处搬到一家地下室招待所。

　　我们向北京宣传出版部门有关领导陈述、备案后，社领导才放心打电话到上海，通知印刷厂开机，第二天一早将《青年一代》发向市场。那晚，我们三人都松了一口气，在一家烟雾腾腾的小饭店吃涮羊肉。

　　回到上海，刊物上市，销路甚好。不两天，市委宣传部一位处长找我，要我写"钟承"信中所说的五件事各举两位证明人。

　　再后来，我接到外地同行朋友电话，说他们看到文件，指责"钟承"文章造谣污蔑，全文不实。我答："如果此文全部不实，那是虚构，应该属文学创作，何必发文件？"听到电话那头发出了笑声。

"致马路求爱者的一封信"刊出前后

早些年,大白天的一个下午,我走在马路上,看见一位穿着整洁、书生模样的大龄男青年,手里拎着网线袋,紧跟着一位姑娘身后说:"我是好人,相信我。"姑娘不理睬,而且神色慌张,害怕小伙子纠缠,忽然反转身,上了一辆停在路边的公交车。小伙子悻悻然。

联想到青年朋友沈栖请我到他们厂做报告时告诉我,他们厂里的青年女工夜班下工后,一出厂门,常有男青年盯在身后要和她们交朋友,她们很讨厌,很害怕。

接着又听说虹口区俱乐部外面,每晚都有一些男青年守在门口,一俟业余文艺爱好的女青年出门,他们就跟上去,口里喊着"交一个朋友好吗?"吓得女青年前面跑,男青年后面追。

对这种不文明现象,虹口区有一位作者写文章严厉批评。我觉得板起面孔教训人,不如虚拟一个亲历其境的姑娘委婉劝导他们好。于是我请沈栖对原稿作了补充、修改、润色,两人用第一人称写成《致马路求爱者的一封信》,发表在《青年一代》1980年第二期上。摘录几个来自姑娘口中的真实细节:

"当我独自一人行走在马路上的时候,遭到你突然袭击,跟在我身后轻声说：'小阿妹，阿拉交个朋友好吗？'当时我吓得魂飞心跳，三脚两步连忙逃脱。"

"有一次，一位青年在街上拦住我说：'你放心，我不是坏人，你不用怕'，说着说着，还要掏工作证给我看。真奇怪，半夜三更拦住我，怎能不使我害怕呢！再说你不是坏人，又怎么能证明你是好人？——你也许会'一见钟情'，我却'一见讨厌'。"

"小姐妹对我说：'这种人准是流氓阿飞，没有一个好东西，下次再遇到，把他拖进派出所。'我不认为这是解决问题的好办法。我静静思索，你们这伙人中确实有流氓阿飞，也许有的真想找个女朋友。找女朋友，要通过正当途径，绝不能像你那样，见到马路上的姑娘就冒冒失失地要求和她交朋友。你是否知道人家姑娘已有心上人？"

"要想获得女朋友，绝不能像无头苍蝇那样在马路上乱撞，你应该把那种'无畏的勇气'、'追求的精神'、'宝贵的时间'投入到学习、工作中去，做出一番成绩，到那时，还怕找不到一个理想的伴侣？还有可能姑娘来追求你呢！"

这期刊物上市后，虹口区工人俱乐部门口的马路求爱者立刻不见了。我们还收到一封自称"马路求爱者"的来信，他说："如果你们早发这篇文章，我就不会到马路上求爱了。"他未想过，没有马路求爱者，我们怎么会写这封信呢！

感谢初稿提供人兰蕾，也感谢沈栖加工。当年青年沈栖，后来当上了一家法制报副总编，出版过《沈栖杂文集》，早已成了上海作家协会会员。

爱护"出头鸟"

南风吹来，求新求变的青年，首先穿上牛仔衣，阴天下雨也戴着贴商标的"盲公镜"，手提打开音响的半导体，逛大街，走小巷，上海滩出现了新气象。路上行人，有的用好奇眼光看看他们，有的看不顺眼摇头叹息，更有封建脑袋的人骂追求时髦戴"盲公镜"的青年"洋奴"、"假洋鬼子"。被骂青年充耳不闻，我行我素。

我刊为青年服务，看到青年一些问题、倾向，是和他们携手谈心、共同走上"引桥"，还是站在他们对立面，板起面孔指责、训斥？编前会上，我们展开了热烈讨论，认为引导比指责好。有位编辑认识淮海路上一家眼镜店专业工作者，请他写一篇文章谈谈对戴"盲公镜"的看法。

专业工作者在《也谈"盲公镜"》中说："青年要懂太阳镜（即"盲公镜"）的科学作用在于保护眼睛，不管外界光线强弱，阴天下雨戴太阳镜，既不科学，又损害眼睛。青年人要在适当时间、适当场合戴太阳镜。对于扎"台型"，不愿撕掉贴在镜片上的一小块有进口商标"合格证"的青年，要告诉他们不仅遮住视线，更会被人取笑。"

由于作者善意劝告,寓教于知识科学之中,收到了较好效果。

青年藐视过去,向往未来,求新求变,冲在前头,往往有过激言行。"枪打出头鸟",有些人看不到青年热爱生活、积极进取的一面,而用老眼光盯着青年弱点,专挑他们身上毛病,夸张宣扬。我想到请著名漫画家华君武画一幅漫画,刺一些人的盲点。华老在百忙中抽出时间画了一幅"挑鼻子挑眼"寄来,画面巧妙,极其幽默,讽刺入木三分,编辑们看到都说"好"。我化名写诗配画:

这个,鼻子有些塌

那个,眼珠有点向外弹

你瞧他,竖挑横拣,没一个看中

唉,万千里挑一难

只因他,近视镜套上了老花眼

此画配诗刊登在《青年一代》1982年第二期上。

请山村青年去看改革带来的新变化

1980 年，一股改革创业的浪潮在中华大地上蓬勃兴起了！

可是在山区农村，有不少青年却看不到前途，丧失信心，思想苦闷。

农机部副部长项南同志在本刊发文鼓励农村青年改革创业，做时代尖兵，他在《困难压不倒有志气的青年》一文中举了三个例子，其中有一例写道：

"江苏无锡的河埒公社养殖场的负责人许福民，是个知识青年，今年三十岁。在他二十六岁那一年，带领了一批青年人，利用一千一百多亩的水面养鱼，当年就捕捞到十一万斤。第二年，增加到二十三万斤。第三年，四十四万斤。第四年，七十一万斤。在鱼塘边，他们还养了一千头猪，二万只鸭，一万只鸡和一些奶牛。这些畜禽的粪便，又成了最佳的鱼饵。一九七九年底共生产鱼、肉、蛋、奶、鸡、鸭一百四十一万斤。他们不仅养殖，还搞加工，开饭馆。每个青年每月可收入六十至七十元。"

许福民曾经有过两次调到城里工作的机会：一次是顶替母亲退休，一次是组织上调他当教员，他都拒绝了。他认为，在农村干比在城市干更有意义，而且经济上也不比城市差，他决心在农村落户,把自己锻炼成养殖专家。"

浙江诸暨农村青年陈寅生看到这篇文章,心有怀疑,写信询问许福民,并陈述了目前他们山区农民的艰苦生活和自己的不幸境况。许福民把这封信转给我们。主编老夏十分重视,派我和朱熙平前往诸暨探望陈寅生,请他到许福民养殖场去看看。

车到诸暨,已过中午,饥肠辘辘,见路边有一小店卖包子,便跑过去买包子充饥,店伙计从蒸笼里夹出一个热腾腾的包子递给我。"这么烫,怎么拿?"店伙计一转身,从墙上撕下一张脏报纸欲把包子包给我,我连忙喊"停",掏出手帕,接过四只包子,分给老朱二只,我们边吃边赶路。

行行复行行,走了一段长长的崎岖山路,才找到南山公社斗鸣大队陈寅生的家。他家住房有东西两间,当中有一个大客堂,比上海普通人家的住房宽敞多了。

我们见到陈寅生母子,说明身份来意后,受到热情接待。陈寅生读过中学,好学上进,人很朴实、直率,是共青团员。经过一番长谈,我们邀请他和大队团支部书记一起到许福民养殖场去看看改革带来新变化。车旅食宿费用统统由我们负担。

小陈参观后,受到很大的启发教育,给我们写信表示"立志改变山村落后面貌"。

忧患激发才能。三年后,陈寅生又寄来一封信,告诉我们《山乡有巨变》,此信发表在《青年一代》1984年第四期上。信的开头写了这样一段话:"承蒙贵刊、《中国青年报》、《浙江日报》、中央新闻纪录电影制片厂对我的关心,以及全国各地许许多多陌生青年朋友的热忱来信来访,一直激发、鼓舞、推动着我要为改变落后的山村面貌而奋斗。虽然我很粗浅,但也懂得了一条真理:只有改革才有出路,未来确实属于有志改革的人。

把"婚姻家庭"办出特色

　　古今中外许多著名诗人、作家,都曾用最美丽的字句描绘过人们对美满婚姻、幸福家庭的向往、思念、憧憬。

　　《青年一代》从青年人的生活实际出发,设置多类栏目,选编文章,把"婚姻家庭"办出特色。

　　全国有百余家妇女和青年报刊都在做"婚姻家庭"方面的文章,我们怎样办出自己的特色呢? 如果笼统设置"婚姻家庭"一个栏目,则大而无当。我们按照口头语,把它分割成若干栏目,做细做深做透,让读者感到亲切、可信、实用。栏目推出灵活,可以更换,可以重现,每期发七八篇,细水长流。发表的文章多数"我写我",真人真事真情,见题目可知大概。

　　"怎样做妻子":

　　《妻子的影响力》、《感化了懒丈夫》、《善待书呆子》、《我改变了丈夫的坏习气》、《翻译家的妻子》、《"第三者"苗子出现后》、《当好"压寨夫人"》、《导演家中的"导演"》、《丈夫判刑以后》、《劝君莫猜疑》、《她挑起了生活重担》……

　　"怎样做丈夫":

　　《长相知不相疑》、《团委书记的丈夫》、《妻子患病以后》、《我再次原谅了她》、《"妇唱夫随"好》、《"脱底棺材"储蓄记》、《委屈求全》……

"夫妻之间"：

《取长补短夫妻和》、《别一人说了算》、《我默默地吞噬着生活的苦果》、《私房钱的风波》、《"粘合剂"外传》、《认"亲"记》、《依依难舍的离婚》、《信的力量》、《我的七夕》、《经过理智判断的爱恋》、《迟到的爱情》、《生活的误会》、《破镜能圆》、《不凋的爱情之花》……

"爱情,应该怎样更新"：

《妻子"自我惩罚"的时候》、《你应该追上来》、《我嫁了个比我小五岁的丈夫》、《抓住感情的"纽带"》、《孩子是媒介》……

"爱,跌落在哪里"：

《空琴盒,你在说什么?》、《我终于离开了这个家》、《假离婚后》、《"林妹妹",别了!》……

"怎样做女婿"：

《翁婿情长》、《做女婿的自信力》、《和疙瘩岳母相处》、《"毛脚女婿"的苦恼》……

"兄弟·姐妹"：

《好妹妹》、《分房记》、《相煎何急》、《手足情》……

"父母·子女"：

《母亲再婚前后》、《儿女莫干涉父母婚姻》、《孩子的模仿》、《妈妈,你要给我什么?》、《张蓉芳和她的父母》、《离婚——孩子如何教育》、《我和孩子》、《被父母遗忘的强强》、《谨防溺爱综合征》……

"文明家庭"：

《扭转了家庭气氛》、《离婚也要讲道德》、《翁婿之间》、《学点做人之道》、《第二次结婚》、《顶住世俗偏见的选择》、《二姐夫当家》、《向不育男子报喜》、《家和万事兴》……

此外，还有一些栏目，如《致新婚夫妻》、《致年轻爸爸妈妈》、《家庭管理学》、《幸福家庭》等等。

上述栏目内发表的文章，篇幅都不长，但真实、具体、生动、活泼，有浓厚的生活气息，获得广大读者关注，赢得广大读者好评。

"道德法庭"的由来及影响

　　一封信,一个提问,引出《青年一代》一个栏目——"道德法庭"。在1980年初夏一天下午,上海铰链二厂青年女工王晓慧(化名),收到女友周某某一封信,读后气愤难平,跑来送信给我看,信中大致说了以下一些内容:

　　在童年,父母爱我,师长培养我,心灵滋长一种美丽的感情。

　　爱情的花蕾在我心灵中不知不觉地饱满起来。他用热情融化我,用笑话逗乐我,对我无微不至的关怀,我感动了,沉浸在爱情的欢乐之中。

　　为让他从农场上调到城市,我用省吃俭用的钱,违心地带着人格耻辱的"礼品"送给那个"决策人"。

　　在上调之前,他山盟海誓地表示永远等我。在他死乞白赖要占有我时,我献出了自己宝贵的贞操。

　　狂热之后,他逐渐疏远我,冷淡我,终于抛弃我。

　　王晓慧气愤地问我:"在法律面前无能为力时,'道德法庭'何在?"

　　对!《青年一代》应该设置"道德法庭"栏目,对法律无法审判的那些缺德人缺德事进行揭露、批评、谴责,伸张正义,还人公道,

1981 年第二期这个栏目与大家见面了。

"道德法庭"适应社会要求，应运而生，开设数年，处理"案件"近百例，有《一个不让父母安生的浪子》、《我那个恶丈夫》、《能这样对待残疾人吗?》、《X 光室里的阴影》、《'桂冠'下的嘴脸》、《一个身居要职的伪君子》……每一"案件"都一针见血，有强烈的针对性和现实性，受到正义的人们广泛支持和赞赏，被害人特别感激。

一位上海读者评议说："'道德法庭'能起到伸张正义、打击歪风的作用，给受害者以生活的勇气，给卑鄙的小人以严正的审判，起到教育人们辨别真伪，建立良好的社会道德风尚的作用。'道德法庭'确实是社会主义道德不可多得的教材和形式。"

1984 年第一期，本刊发表了一篇《揭未来画家》，投稿人在二十多年后，千里迢迢从河南南阳到上海来，感激我当年"救命之恩"。

再说启发我们设置"道德法庭"栏目的王晓慧告诉我，她拿了自己写的《"道德法庭"何在?》考上了律师，是上海第一个工人出身的女律师。后来她亲手创办了律师事务所，任上海市女律师联谊会副会长，民盟上海市法制委员会副会长。早几年，出版著作《两岸情——一个女律师的手记》。

大家谈"人啊应该怎样相处？"

　　当年还是歌坛新秀的李谷一，以她甜润清新的音色，明畅婉转的歌喉，以及发自肺腑的深情，博得了广大听众的喜爱。但也遭到了某些高层人士的非议，认为她唱的是靡靡之音，甚至说她是"模仿港台流行歌曲的唱法"，"基调不健康"等等。

　　李谷一在上海演出时，我与她相识，她是一个不怕压，又不易屈服的犟女子，她写信给我说："他骂他的，我仍然这样走下去！"

　　改革开放伊始，李谷一敢创新，我们应该宣传她，在"乍暖还寒"时，我把她写给我的信改为《致〈青年一代〉的信》发表。爱众人所爱，本刊道出了广大读者的心声。随后，各种遭遇不平、刁难、受压的信稿连续不断寄到编辑部，丰富了刊物内容。

　　文化大革命把人际关系搞乱了，逢人只说三分话，不敢抛出一片心，亲朋好友之间、同事之间、甚至夫妻之间也相互提防，面和心离。

　　人不能离开人群，天生要共同生活。过共同生活，就有人际关系。为建立良好的人际关系，我们开展了"人啊应该怎样相处？"征文活动。凡是反映人际关系方面的稿件，我们都欢迎，请大家说真话，谈实事，讲故事。短短数月，就收到近万篇稿件，真情而又生动地说出自己的心得、体会、经历,我们选择若干有个性、有特色的稿件发表,有《张海迪和她的老师》《哥哥须知》《感人至深的好丈夫》《我和知识分子婆婆》《夸女婿》《他和疙瘩岳母相处》《妈妈去世后》《我为他俩当调解员》《妈妈被判刑后》、《蛇巷》……

关系各不相同,但都来自实际生活,内容具体、真切、生动、丰富,兹摘一些要点如下:

"张海迪没有上过学校,她的知识、艺术素养、英语离不开她周围许多老师的教导。"

"哥哥说,任何一种感情都是相互的。弟妹对我好,因为我深爱弟妹,对他们好。"

"一个女子谈自己经过结婚——离婚——复婚三段甘苦、曲折、复杂的心路历程。"

"他告诉大家,在爱妻和病弟之间,自己是如何关心爱妻,又如何照顾病弟的。"

"女儿在母亲去世后,她把对母亲的爱加倍给了多病的孤独父亲。"

"在婆婆的冷眼下,媳妇仍用热心肠对婆婆冷面孔,终于捂暖了婆婆的心,使婆婆在人前人后夸媳妇。"

"作为朋友,我有责任当好'调解员',调解我的朋友夫妻关系,使他们消除隔阂,和睦相处。"

"父亲阻挠女儿爱自己心上人,女儿耐心劝说父亲割掉在家庭里的那条封建尾巴,跟上时代文明的脚步。"

"媳妇是纺织女工,婆婆是知识分子,婆媳相处,双方都努力寻找共同语言和爱好,媳妇特别有体会地说'顺者为孝'。"

"父母离婚,给子女带来不幸,她以亲身经历告诉天下父母,衷心希望做父母的相亲相爱,让子女在父母关爱下幸福成长。"

"这位老人说:'我吃着甘蔗上楼梯,步步登高步步甜。'她夸五个女婿个个待她好。"

"上海有条总长数百米,宽窄只容一人走的'蛇巷'。人们形容这条'蛇巷':'左手摸着东家房,右肩能撞西家墙,张家感冒打喷嚏,震得李家窗户响。'住在这里的人家,'客访未遇不用愁,自有他家照顾周;刮风落雨不用愁,衣服被单有人收;婚丧嫁娶不用愁,相帮出力请开口;遇到难处不用愁,众人能解心上忧'。"

设置"人啊应该怎样相处?"这个栏目,是在粉碎"四人帮"后,为了调适人际关系,引导大家宣传精神文明,使人与人和睦相处。

"社会一角"吸引读者眼球

"社会一角"栏目内的文章,是反映改革开放初期中的一些人和事,多数为人们少见寡闻。这些被其他报刊忽视、遗忘的角落,《青年一代》拾遗补缺,独树一帜。

过去,上海有"两只角":"上只角"和"下只角"。住"上只角"的人家有文化,较富裕;住"下只角"的人家少文化,多贫穷。"社会一角",不说文化高低,不说贫富差异,也不仅仅说上海一地,而是反映全国各地的奇闻怪事,粗鄙少见。

"社会一角",不是暴露社会阴暗面,而是反事正说,引出教训,让人警觉,指导走正道,不走邪路。《青年一代》发行量以每期数十万地不断上升的辉煌七年中,"社会一角"发文近百篇,几乎篇篇新、奇、特,看到题目就想读文章,读者说:"'社会一角'吸引人眼球。"

下面举例说明,我把所举的"文章题目"写进叙述中。

山东有位青年学《水浒传》中的九纹龙史进,在双臂上刺了"两条龙"。后来听人说"双臂刺龙,不是好人",被群众孤立,爱情也受到挫折。他这才下决心跑进医院剥下"两条龙",从腿上割皮植双臂,于是写了《剥下两条龙》。

有这么一位老兄,怀着"高尚"的感情,写信给出版社,把一本挂历上真正的高尚的世界艺术珍品骂了个狗血喷头。文化人指出:这是《十万分之一的"民意"》。

一位山村青年,想"信息致富",他把自己研究的"山芋贮藏法"写成文章,复印千余份,投寄全国公社广播站,每稿收费四五元,居然成了《一稿千投的万元户》。

骗子常去小商店柜台上打公用电话,一会叫张副司令,一会叫李局长,说自己的爸爸找他有事。多次打电话,骗取了小商店里一位姑娘稚嫩的心。人啊!警惕《电话骗子》。

少女被邻居小青年强奸,强奸犯被判刑。"强奸犯"刑满出狱后找不到对象。被强暴的少女已长成了大姑娘,没有男子要她,她下决心嫁给当年强奸她如今已改邪归正并且勤劳肯干的那个邻居男人,这是一件《引起了不同反响的婚姻》。

"好朋友"叫陈民同去看一个人,却安排陈民在门外守候,于是陈民成了"望风者"。"好朋友"押着那个人走出门外,叫陈民掏他口袋取钱,陈民成了"抢劫犯"。《陈民上了大当》,糊里糊涂进了班房。

曾经的国民党一名军官,把她丈夫抓走,逃到了台湾。如今,他是一名巨商,回国投资搞建设。一天,巨商到医院来看病,"她"是医生,他们相遇了,演了一出《恩怨奇遇记》。

一女子文化程度不高,不懂法,为摆脱一男子纠缠,同意开假结婚证帮助他分配住房。后来女子又开了第二张结婚证,与她心仪的男子结婚,于是有了《两张结婚证》,其结果可想而知。

一个偷越国境的青年,刚跨过他国国界,便被关进了牢房。

出狱后,他到处流浪,苦头吃尽,直至被遣送回国,他流着泪水写下《恶梦》一篇。

荒唐荒唐太荒唐,"红娘"代人认情郎,《新"啼笑姻缘"》在一家婚姻介绍所上演了。

兴冲冲到大上海看改革开放新面貌,走路不小心碰了人,被那人骂"赤佬",听不懂;挤公交车,被人说"这个乡屋（下）人!",弄不懂;在马路边被人骗买了假货,搞不懂。回到家,他怨气难消,写了一篇《来沪杂感》。

爸爸与幼女经常开玩笑,说"你妈妈最坏"。"妈妈最坏"的话在幼女心中埋下了毒苗,幼女恨妈妈,竟把家中老鼠药放进妈妈的饭碗里……这个爸爸《作了什么孽?》。

小夫妻生了一个儿子,丈夫要儿子跟自己姓,老丈人要外孙跟他姓,一方怕断子,一方怕绝孙,一时间闹得不可开交,后来竟然打起了《一场家务官司》。

丈夫疑心重,别人给妻子来信他要拆,家里电话铃响他先听,男客上门他要问长问短,平时像侦探似的监视妻子,累不累? 这是《猜疑者的不幸》。

准女婿在酒楼宴请女友一家人。一家人都在酒楼等准女婿到席。"准女婿"却跑到女友家中行窃,这家人《中了调虎离山计》。

小偷扒到一只包,打开包只看到2元钱和一张患白血病人的病历卡。小偷顿生怜悯之心,往包里放进10元钱,偷偷把包还给失主,这是《小偷的良心》。

一个风华正茂的小青年爱上了一位姑娘,从爱到怀疑,从怀疑到动武,从动武到杀人,《绿叶,为此在春天凋零》。

她把闺蜜介绍给自己穷男友,穷男友做买卖发了一笔横财,她却要闺蜜把男友还给她,闺蜜不听,她却疯狂杀死闺蜜,好一个《狂女恋钱》!

这些女子怎么会被劳教? 她们在劳教大队如何劳动改造? 请看《枫树岭女劳教大队访问记》。

此外,还有《小洋妮为什么被害?》、《"牛皮"吹出后》、《"曾范最"的捐款》、《褡裢奇缘》、《土霸王复灭记》、《姑娘从坟场归来》、《当代"钦差"》、《女"佐罗"》、《有这么一家子》、《幽灵》、《春香抗婚》等等。

"社会一角"栏目内的文章,来自群众,来自生活,内容涉及方方面面,但都说得实实在在,能警示大众,让人明事理,懂自律。

青年人的生活顾问

青年是人生中最美好的时期，是未来光明幸福的开始。

青年时期，理想奋斗，血气方刚，敏感自信，烦恼困惑，生活中会遇到各种各样的问题，需要过来人关心、帮助、解决。在此情况下，《青年一代》开设了一个栏目叫"青年生活顾问"。

《青年一代》从 1979 年创刊到 1984 年这六年中，每期都有"青年生活顾问"，发文 227 篇，内容涉及到青年生活的方方面面，有读书工作、交友文明、吃喝玩乐、恋爱婚姻、问病求医等等。有过来人谈认识、谈经历、谈体会、谈教训，也有专家名人针对问题的解答，但都从实际出发，言语中肯，文字简朴，青年人把"青年生活顾问"看成是自己的大哥大姐、尊敬的师长。

除刘心武的《和青年朋友谈谈爱情》、茹志鹃的《忠贞》、姜昆的《寻找生活中的美》、赵燕侠的《青年演员的人品戏德》、吴阶平的《新婚性知识问答》等作家、艺术家、专家、学者指导外，大量的文章是过来人写的，有《怎样使你的身体长得健美？》、《和青年朋友谈谈风度》、《养心怡情种盆花》、《患不育症者的喜讯》、《待人要有分寸》、《说说涂脂抹粉》、《考职业学校去》、《急救措施十则》、《服装配套与色彩调和》、《读书·练笔·走路·识人》、《谈谈旅途摄影》、《交谊舞速成》等等。

在众多"顾问"中,我选了五则:

之一,读书·练笔·走路·识人

青年人,不管你干哪一行,知识面总要宽一些。社会科学的文史哲经很难分家,普遍涉猎,大有好处。博览群书,才能左右逢源。青年人随着日后年月的增长,会越来越体会"书到用时方恨少"这句话的深刻含义。读书无止境,根据我国现实情况,个人应该有个大体目标。这个目标就是:一年读一千万字,二十年读二亿字的书,用二亿字把自己武装起来。有了二亿字垫底,谈"博"可以够格,求"专"也大有可为,再经过专业训练,就不愁为"四化"出不上力了。

除了坚持读书,还需要练笔。五十年代初期,我在新华社编辑部工作,给我留下深刻印象的一件事,就是在编辑人员(特别是年轻编辑)中,展开"练笔运动"。既然是练笔,那就不一定是长篇作品,日记、读书札记、书评、影评,乃至向报刊反映情况,都是练笔的机会。

"读万卷书"往往同"行万里路"联系在一起。广为人知的大历史学家司马迁、大地理学家徐霞客,以"读万卷书,行万里路"的毅力,为后人留下了传世之作《史记》和《徐霞客游记》。"行万里路",无非是主张广泛接触社会。知识的来源,一是书本,另一个就是社会。

有了"读万卷书,行万里路"之说,后人又添加"识万个人"。识万个人,决不是只在自己所熟悉的小天地里盘旋,而是识得为建设社会主义而努力奋斗的各种各类各层次的人。从他们身上,我们可以学到许多在书本上学不到的东西。

读书·练笔·走路·识人,目的在于汲取营养来充实自己,实现远大理想。我们的理想,就是为了祖国的富强,为了人民的幸福。

之二,和青年谈两性道德

我们说的两性道德和贞操,就是讲男女双方的相互尊重、爱护和顾惜,讲对爱情的忠贞和专一。

从日常生活的事实看,男女青年之间发生不正当的男女关系,负主要责任的往往在男青年。如果从这种两性关系造成的后果来看,那么女青年无论在精神负担上,生理影响上,还是在物质损失上,都要大大超过男青年。

今天的那些男青年搞不道德的两性关系,有哪些表现呢?

第一种是流氓成性,蹂躏女性,违法犯罪。

第二种表现是借恋爱之名,玩弄女性。

第三种表现是以财貌相诱,采取种种不正当手段,来赢得对方爱情的情况下,先占有对方肉体。

第四种表现是双方在谈情说爱过程中,由于感情冲动,发生了不正当旳两性关系。

青年男女的两性吸引是人类的一种自然本能。不过,人类的两性关系所以根本区别于一般动物,就在于人对异性的要求不是以直接的简单的自然方式来进行,而是以社会方式来进行。今天,我们每个青年在处理自己恋爱婚姻"终身大事"中,一定要十分严肃、负责、自尊、自爱,要用高尚的道德力量来控制纯生理的性冲动,防止婚前的性放纵。这才是我们今天有觉悟、有道德、有修养的青年所应有的文明行为。

之三,答"不结婚幸福吗?"

编辑同志:

我们这里有几个三十岁左右的姑娘,已打算一辈子不结婚。她们认为,独身没有牵挂,没有负担,可以把全部精力都用在自己热爱的事业上。我本来是不赞成她们的,但近两年来我在恋爱上遭到了挫折,驱使我也逐渐赞同她们的观点了。编辑同志,我究竟应该怎样看待这个问题?

某某某

某某姑娘:

在人的一生中,爱情、婚姻显然不是主旋律,但它却是其中重要的乐章。

你在来信中,把婚姻、家庭看成是牵挂,是负担,这是只看到事情的一面。结婚后,确实会有一些琐碎的家务事,生育子女、安排生活都要花费一些精力,然而,这也是人生之一乐。当你工作了一天,回到家中,看到天真可爱的孩子喊着"妈妈"向你扑来的时候,烦恼和疲劳会冰释雪消;当你和爱人共同从事家务劳动时,能体会到甜蜜生活的浓厚情趣。更重要的是,当你生活的道路上遭到坎坷、思想苦闷的时候,当你需要理解和支持的时候,爱情往往会给你以巨大的力量,使你摆脱烦恼,感到充实。有人说,把欢乐告诉爱人,得到的将会是两个欢乐;把痛苦告诉爱人,剩下的只是半个痛苦。无数的事实证明,高尚的爱情生活,从来都是推动事业前进的巨大动力。

来信说,你由于近两年在恋爱问题上遇到了挫折,因而也下决心独身。这种思想很有代表性。但是，做任何事情，都存在成功和失败两种可能，恋爱也如此。"莫愁前路无知已，天下谁人不识君"，希望你在为事业理想奋斗的同时，去追求美好的爱情吧！

之四，谈"玩"

爱玩之心，古今中外人皆有之。

唐朝时，每逢清明节，踏青、拔河、打球、放风筝、荡秋千……

重视游玩，锻炼身体，我国自古以来一贯被重视，如东汉末年华佗首创五禽之戏，这是模仿虎、鹿、熊、猿、鸟的动作而编的一套体操。现在的"八段锦"、"太极拳"、"猴拳"，也是由古时演变而来的。

今天仍在广泛流行的吹、拉、弹、唱和许多体育、杂技节目；今天家家户户在庭院里、在阳台上种花草、养鸟鱼，有许多是祖先遗传下来的。

至于春节放鞭炮、元宵观彩灯、端午划龙舟、重阳登高，更是深受男女老少喜爱的活动。

世界上许多出色的革命家、科学家、艺术家都有自己的娱乐活动。以革命家来说，恩格斯性格乐观，爱好广泛，他醉心于骑马、击剑，又能游泳。列宁爱打棒球、钓鱼、游泳。毛主席爱游泳。周总理青年时代爱跑步、好演戏。陈毅元帅爱下围棋，青少年时代是一个足球健将。

总之，我们在生活中提倡"有劳有逸"。劳，是人生必须的；逸，也是十分需要的。

之五，有花则美

插花，是利用人工栽培或山野河边自生的植物花、果、枝、叶等富有观赏价值的部分,用剪刀或刀割下来,插在盛有清水的容器中。

容器是插花必备之物,有景泰蓝、陶瓷、玻璃、塑料等花瓶为容器,也可以家用餐具,如瓶、碗、盆、碟代替。

插花的艺术,可以按各人的爱好进行,例如插银柳时可配上几片绿叶,衬托出淡雅有致的效果;插菊花、月季时,尽可能保留碧绿叶片,才有婆娑起舞的妙趣;插腊梅、红梅时,要具有疏影横斜的景色;插玉兰则要显出亭亭玉立的姿态;插海棠,须有临风依依概貌……

插花要以花为主,绿叶衬托,才能显出艺术之美。

插花要讲究自然,特别要契合自己的卧室或客厅环境摆设。花不在多,而在于布置匀称。有时两三朵花,两三片叶,也能插得均衡,主次分明,玲珑别致。

插花要注意用水,雨水最好,河水、井水次之,不得已也可用自来水,用时最好先贮藏几天,待氯气挥发尽了再使用。

关注民心民情

不平凡的平凡人

《青年一代》既报道政治家、科学家、教育家、文学家的先进事迹，更多更广泛的却是大力宣扬不为人知和重视的不平凡的平凡人，让"无名英雄"为众人知，使大家看到"卑贱者可贵"，知道生活中少不了他们。

《火葬场的化妆工》：青年金苗苓放弃音乐爱好，冲破世俗偏见，在火葬场为死者理发、梳妆、打扮、整容。

《优秀售票员》：女售票员陈洁华摸索出45条"乘客心理"，全心全意为乘客服务。

《义务公安员》：阿贵在业余时间协助公安猎获"害群之马"，清除"社会垃圾"。

《验尸台旁》：青年法医陈连康，以敏锐的眼睛，移动手术刀，警惕搜寻着凶犯留下的罪恶形迹。

《仙境导游》：孙人云怀着对游客的感情，把游客当亲人服务。

《同废污水打交道的人》：他们默默无闻一直干着防汛排水的活，防止马路积水，仓库被淹，家庭进水。

还有许许多多各行各业岗位上的平凡人干着不平凡的事，有《理发博士》、《里弄"天使"》、《卖菜阿姨》、《屠宰工》、《烹饪新星》、

《照蛋工》《养鸭女司令》《听漏工》《引航新星》《蛋糕裱花迷》、《列车医生》《房管所交换员》《整形外科"魔术师"》《手杖专家》《养蜗牛的人》《养貂状元》《蚯蚓迷》《修自行车的小青年》《管理粪便的人》《列车检修护理工》《医治"生理创伤"的人们》，以及《城隍庙里多内行》等等。这些不平凡的平凡人，都是我的编辑同仁和许多作者不辞辛苦深入到实际生活中发现并撰文报道的。

这里我要特别说说垃圾清运。垃圾，人人都讨厌，人人又都在产生，清理垃圾的人服务上海市民，应该受到敬爱。我请《文汇报》记者周某某写清洁工，他却给我一篇有分量的《上海城市垃圾清运记》，开头写道："你想知道上海一天有多少垃圾，这些垃圾如何清除，运送何方，作何处理吗？你想知道清洁工人怎样为上海的整洁、为上海市民健康而日夜辛劳吗？请看他们扫除、清理、运送、处理——终日劳累地清扫，在腐烂、发臭、腥味的环境中劳动。"读过这篇文章，谁能不感到清洁工值得尊敬，理应受到社会重视、关怀呢？

我们报道一篇篇不平凡的平凡人事迹，提升了他们在社会上的知名度，让大家知道我们的生活少不了这些平凡人。像这样大力密集宣扬不平凡的平凡人，可能在同类型刊物中不多见，因而本刊也就独领风骚，受到广大读者欢迎。

不该争议的争议

　　每到一地组稿，都要请当地"消息灵通"人士谈谈他们那里有什么新闻和奇事。

　　四川日报青年记者傅吉石是位热心朋友，著名文化人流沙河是他尊敬的老师，他请流沙河写过一幅条幅寄给我，至今为我收藏。去成都自然会找小傅陪我拜访流沙河，在步行途中，他摆起了"龙门阵"，说他们那里有一位争议青年：

　　1981 年 7 月，特大洪水袭击成都金堂县赵镇，房舍被冲毁，人民在遭灾。待业青年郭代富弃家撑破船出去救人。街上有位瞎老太，决意要与破屋共存亡，拒绝郭娃救她上船："好人，莫照（管）我，让水把我埋了。"郭娃不听，一把抱起老太送上船。当他撑船上街时，听见有人喊"救命"，只见一老一少抓着漂浮的立柜……郭娃"扑通"一声跳进水中，先救小孩上船，又去抱着老人的腿用力向船上送。被救上船的老人不住地感激郭娃："你是我们的救命恩人啊！"

　　洪水过后，我去赵镇居委会采访，接待的人却说："这次抢险救人不单是一个郭代富，要写我可以推荐几个。"旁边一个人帮腔："郭娃性情粗暴，歪得很，平时经常寻人吵架，居委会也给他闹过,连救人时也忘不了骂人!"

郭娃救人时确实骂过人。他从房顶上救下一个妇女,叫她踩着他肩膀上船,这女子见一暖水瓶漂过来,突然俯身去捞水瓶,小船被她异常行动弄得左右摇晃,吓得一船人哇哇叫,郭娃见状,"歪"气发作,大声斥骂:"妈的,还想捞浮财,大家的命顾不顾,给老子丢掉!"

"不歪,有正气。"我插话说。

"要得!"小傅继续说,"他撑着船给高楼上挨饿的灾民送馒头,见楼窗口一个小贩把平时只卖一角五分一只的馒头提价到一角七分,这又惹得郭娃火起,他站在船头上吼道:"妈的,不准提价,这是趁火打劫,有没有良心?""

"郭娃批评正确,因情绪激动,文化水平不高,难免口出粗言。"我又插话。

……

故事没有说完,已到了流沙河的家。拜访后出门,天色已晚,我还要赶下一个约会,便匆匆对小傅说:"金无足赤,人无完人。你说的故事很感人,请把它写出来,给我们发表。"

1983年春,我和编辑小谢去南宁组稿。在邕江大桥上,小谢为我和柴立扬拍合影。柴立扬是广西文化厅《影剧艺术》杂志主编,老广西,在南宁土生土长,了解那里的一草一木,他也向我讲了一个有争议的青年:

去年三月三,南宁菜市街上,一匹受惊大棕骡向一群买菜人冲过来,正在路边铲土的青年骆立生见状,扔下铁铲,一个箭步吊上骡颈,在立生钳制下,大棕骡撞到电线杆,群众有惊无险,小骆却受伤较重,血尿了。惊骡单位派人慰问骆立生,了解到他的父亲是国民党军官、右派分子,本人被劳教过时,默不作声,悄然离去。

就在骆立生勇拦惊骡的半个月前,他还用自己打白铁的劳动收入,以"青年公民"的名义向南宁人民政府捐款 300 元,要求转交儿童福利基金会。这一善举非但没有受到表扬,却引起了不小争议:"骆立生的父亲是右派,死在农村,他对我们社会有杀父之仇,做好事是别有用心⋯⋯"

骆立生初中毕业后,靠做零工、挑砖煤为生,粉碎"四人帮"后的第一个春节,南宁市的年货供应紧张,腊肉、腊肠、腊板鸭被一些人走后门弄走了,群众意见纷纷。骆立生深为感叹地说:"1962 年到 1964 年,刘少奇当国家主席时,国民经济恢复很快,南宁的市场上摆满年货,哪里用走后门!"谁知,一句话引来了大祸,先被送到收容所,后被转送劳动教养三年。他的罪名是吹捧刘少奇。在教养所,管理干部了解骆立生思想和为人,对他说:"现在甄别平反冤假错案,你回南宁去,向有关部门询问平反你错案的事。"

回南宁时,恰遇街上发生凶杀案,被害人身中二刀,倒在血泊中。街坊们惊骇万分,骆立生却背起被害人,跑到派出所报案,又把被害人送到医院抢救。他却因为劳累过度,昏倒在医院里。

1979 年 12 月,南宁市公安局在《关于骆立生问题的复查决定》上写道:"原以思想反动送骆劳动教养是错的。"不久,骆立生父亲的右派也得到了改正。

立生终于卸下了历史压在他头上的冤屈,开始了新生活。可是他勇拦惊骡,以及他所做的种种好事,却仍被人怀疑他的动机不纯!

柴立扬感叹道："我们的社会怎样看待这位不幸的青年人？又怎样评价这位心灵美好却横遭非议的青年人呢？"

这两位青年，思想先进，行为可赞，不该另眼相看，妄加非议。我想，那些争议之人多数可能墨守成规、思想陈旧。与其在他们那里争议，倒不如扩大范围，让广大读者讨论，公道自在人心，应该还给被争议的青年一个公平正义。于是，1982 年第二期发表了傅吉石的《他救了 200 多条人命之后》，1983 年第四期发表了柴立扬的《一个有争议的青年》。两篇文章发表后，社会上对这两位优秀青年并没有引起争议，对那些争议之人却进行了一次很好的教育。

法外民情

一天下午，我埋头阅读来稿，因为昨天熬夜，此刻觉得昏昏沉沉，像戒烟人发誓再吸最后一支烟一样，决定再读一篇稿子要休息了，不料就在读一篇短短来稿时，顿时疲倦消失，头脑清醒起来，稿件说了这么一件事：

黄山脚下，有个忠厚老实的青年农民小贺，在农场普遍推行联产承包经济责任制时，承包了两亩西瓜田。他起早摸黑，浇水施肥，好不容易把瓜秧喂大，待到西瓜丰收时，不断被偷。为防窃贼，他在瓜田中搭了一个草棚，日夜在瓜地里巡逻提防，时间一久，感到体力不济，难以支撑，夜间看守渐渐松懈下来。

一天清晨，他发现约有两分田被人践踏，西瓜已被洗劫一空。过不两天，凌晨醒来，他又发现几百斤西瓜被偷。在无可奈何之下，他找来数百米长的广播电线，把它设置在瓜地里，接通电源，防贼偷瓜。这下，他可以倒在草床上呼呼大睡了。

一天半夜，一阵"救命"声把小贺惊醒，他翻身起床，拿起手电筒，直奔瓜地，发现一个小偷被电流击倒。他立刻切断电源，对被击倒的小偷进行人工呼吸，终未救活。小贺犯了大罪，去派出所投案自首。

几个月后,当地法院开庭审讯起诉,因小贺过失杀人罪,被法院判五年有期徒刑。他当庭嚎啕大哭,高声苦苦哀求:"给我生活出路啊!让我重新做人啊!"但是国法难容,小贺还是坐了班房。

小贺被判五年,引起不少人同情,纷纷议论:小贺辛辛苦苦种瓜不能得瓜,连连被偷,只因防范不当,杀人致罪,理当判刑,但因"过失"被判五年,似觉有些重了。我也有同感。同声相求,我们应该报道此事,一方面是对青年进行法制教育,另一方面也反映一下民情。来稿经过当地有关部门核实,发表在《青年一代》1983年第二期上。

后来,听说小贺果然被减刑了。

一个令人思索的囚犯

　　每次去北京组稿,我都不忘找记者聊聊,记者交游广,消息灵通,故事多。这次去访曲兰,因为我和她曾有一面之缘,她给我的印象是年轻热情,文笔也好。她一见我,便知我组稿而来,像是已经准备好故事对我讲:有一个颇具才华的青年知识分子,因"窝赃"罪被判刑两年。这个青年还是你们上海某某日报一位资深编辑的女婿……故事刚开头,一只电话打来,领导有急事找她去办。她摇摇头,嫣然一笑,说:"对不起,不能陪你聊天了!"

　　看她有兴说这个故事,内容一定精彩,岂能轻易放过,但又不能影响人家工作,我只好请她一定把它写出来,寄给我。

　　"好吧!"她答应我。

　　不久,收到她来稿,内容少闻罕见:

　　　　我作为法制报的记者,第一次来到华北某劳改农场采访。三天的采访很快就过去了,我们乘坐的车子奔驰在华北平原上,辽阔的原野已被春风吹上了绿色,我虽然望着窗外的大地,眼前却总是浮现出那个犯人忧郁的神情。那是前天,分场的管教干部陪同我走进高墙电网、戒备森严的监所。

"刘煜,过来,记者要找你谈话。"

"噢!"

随着应声,一个身穿黑囚衣的犯人跑到我面前,站住了。

我以一个女记者的眼光审视着他:刘煜身材适中,戴一副深度近视眼镜,虽然和其他犯人一样,光头、黑面孔、黑囚衣,却掩盖不了他那斯文的气质。

"你叫刘煜吗?"

"是。"

"今年多大多数?"

"三十四。"

三十四岁! 多么巧,和我同龄! 一个同时代的人,这更引起了我的兴趣。

"你在哪个学校读过书? 学什么专业?"

"复旦大学国际政治系。"

"入狱前你在哪里工作?"

"在中央党校作教学工作,1979年定为助教。"

他回答得十分机械,显然对我存有戒心。

"你爱人做什么工作?"

"现役军人,从事医务工作。"

"你父母还在吗? 他们从事什么工作?"

"父亲是××报管理处主任,母亲在外贸局工作。"

他垂着头回答这些问题,显然是出于迫不得已。假如他不是处在一个犯人的地位,很可能会拒绝一个陌生人的提问。

"你有孩子吗?"

"有。"

"几岁?"

"四岁。"

提到孩子,他眼里闪过一丝柔情,但很快就消失了,表情又变得木然了。他时刻没有忘记自己是犯人身份。

"听说你的外语很好,还译过书,能谈一谈这方面的情况吗?"

"我学过英语和德语,英语更加熟练一些。入狱前,我翻译出版了《马克思、恩格斯和民族运动》《社会主义所有制和政治制度》,与别人合译出版了《论欧洲共产主义》,还编译了《各国工人运动资料手册》,但尚未出版,我就被捕了。"

"你喜欢你所从事的专业吗?"

"我……我……"他一时竟语噎了。这句话触动了他的痛处,那机械、驯顺的犯人表情突然从他脸上消失了。他镇静了一下,才又抬起头来望着我,那痛苦、绝望而又激动的神情,很难用语言表达出来。他一字一顿地说:

"我非常热爱我的专业。我不敢说自己工作得非常出色,但我确实是很努力的。现在,我感到最痛苦的并不是我个人的荣辱,而是工作权利的丧失!我大学毕业十年了,一般来说,大学毕业后的两三年内是不能胜任工作的,这中间有个经验积累的过程。而我现在已经在工作上有了一点经验,孩子也渐渐大了,正是出成果的时候。入狱前,我正着手编译《各国工人运动资料手册》,材料都已汇集齐了,领导上安排我去北戴河休假，可我不愿意耽误时间。在外面，我是把时间卡得死死的。翻译《社会主义所有制和政治制度》，全部是用业余时间。可是现在……"

他声音微颤，"两年！整整是七百三十天，一万七千多个小时，我能写多少东西啊！判刑时我提出，听说保定有个监狱，那里的犯人能够从事翻译工作。如果让我到那里，判我几年都行，只要还能让我工作。"

一个犯人，竟像迷恋自己初恋的情人一样迷恋工作，这不能不令人思索。

"你能谈谈你犯罪的经过吗？"一个有才能的大学生，何以会走上犯罪的道路呢？我很想知道。

"我以窝赃罪被判刑两年。那时，我的孩子还小，雇了一个保姆，四口人住在一间房子里很不方便，而我的一个邻居刚刚离婚，回父母那里去住了，他的房子就空下来，于是我便借住了这间房子。1981年11月的一天晚上，我正伏案译书，他敲门进来了，拿出像长面包一样大小的一块锡锭，说要放在我这里。我同意了。第二天，他便将锡锭拿走了。1983年此事被查获，据说他盗窃并倒卖了五块，被判徒刑十三年，我因此事牵累，被判刑两年。"

"你对判刑一事有何感想？"

"开始感到冤枉，因为我觉得自己只是替他保管了锡锭，也没有危害国家的动机。"（据记者调查了解到，刘煜与盗窃团伙侯某的个人关系比较好，侯某作案后，刘煜不仅为其窝赃，而且知情不举，虽然他没有参加分赃，但他的行为已构成犯罪，因而被判刑两年。）

"你现在是怎么想的？"

"在监狱里，经过法制教育，我终于认识到自己的行为给国家和人民带来了危害，后悔已晚，是'哥们义气'害了我。"

"你对将来是怎么考虑的？"

"我只能听天由命了。"

"你不是很热爱自己的专业吗？"

"那没有办法。一个人主观愿望同客观实际总是有差距的。由于判刑，我已经被开除公职了。从我的具体情况讲，再回到讲台上讲马列主义根本不可能了。过去我站在讲台上，因为我是清白的。可以后呢，我还怎么讲啊？"

"如果你还能从事专业工作，你会怎样呢？"

"如果我出去后还能从事专业工作，我一定会尽最大努力把这两年时间补回来。"

"你还有什么话要说吗？"

"刚才，管教干部告诉我，记者要见我，我当时的心情是非常复杂的。尽管我从未想到过要以英雄的身份接受记者采访，但绝不会想到以犯人的身份接受采访。现在想起来真是往事不堪回首。九年前，天安门事件时我才二十五岁。那几天，我天天去天安门广场参加纪念周总理的活动。想当年，颇有点以天下为己任的胸怀，没想到今天会落到如此地步！不知您是否理解我此时此刻的心情，我——，很难用语言表达……"

"刘煜，你不要丧失希望。再见！"

“再见。”

我结束了采访活动。虽然，我对刘煜被"采访"的心情是能理解的，可是刘煜的悲剧却值得人们深思。一个颇有才华的大学教师，一个曾在天安门广场为祖国命运呼吁的热血青年，今天，却由于不懂法，由于"哥们义气"，而成为阶下囚……

读完"一个令人思索的囚犯"，我为这个受过高等教育、译过多部政治著作、颇有作为的青年知识分子深感惋惜。他因住房窘困，回报"哥们"借房之恩，犯下"窝赃"罪，锒铛入狱，付出的代价太大了！人们啊，不要头昏眼暗，都要引以为戒。

最后我想说，获此文，有体会：编辑要做有心人，听到一个新闻，别人说一件趣事，或者他人有心要对你说一个故事，都要认真倾听，听到好题材，要抓住不放，做到"滴水不漏"。

故意问读者
"姑娘可不可以这样追求爱情"

已经听说不少"第三者"插足家庭,却真有一位"第三者"韩芳芳(化名)投信本刊,振振有词地为自己辩护。我们可以回信直接批评她,但是想到可能收效不大。经编辑同仁讨论,主编决定,故意问读者《姑娘可不可以这样追求爱情》,发表此信,让大家批评说理,社会效果或许更好。信太长,摘要点如下:

每个人都有爱和被爱的权利,我就把我和郑飞之间所发生的一切公布于众。

我今年28岁,随着年龄的增长,我开始寻找爱情。我和郑飞常在一起,他的聪颖和才干,与我理想中的爱人极为相似。后来,我们的关系已经异常炽热。我们的爱是纯洁无邪的,没有任何逾越伦理的放纵行为。

我知道郑飞有一位贤惠的妻子。起初我犹豫过,陷入苦闷。一天,我看到《十月》丛刊上发表的中篇小说《公开的情书》,小说告诉我:应该尽情地去爱自己认为是美的有价值的并且同样热爱自己的人。只要我爱上一个人,就应该不顾一切地去追求。

我没有说过任何挑拨他们夫妻关系的话，因为这应该是由郑飞来决定的。如果秦岚（注：郑飞的妻子）是一个"石田"（《公开的情书》中一个平庸人物），那么我就像"老久"（同书中的男主角）一样，毫不留情地拆散他们。但秦岚不是这样的人。从爱情的至高和神圣来说，爱是不应该受到任何压抑的，我不愿意放弃爱情。难道一个人有了妻子或丈夫就不能再被另一个人爱了吗？不能再将爱情给一个更值得爱的人了吗？

这封信刚见刊，本社一位老同志在楼梯上拦住我责问："你说可不可以这样追求爱情？"他不知我们发表此信的意图，很气愤。

我和老编朱熙平出差昆明，昆明医学院女生也在热烈议论此信，批评"第三者"。我们从昆明到重庆，有两位女青年到旅馆谈起此信，一位女青年非常气愤地批评韩芳芳。后来，她的同伴写信告诉我，那位狠批韩芳芳的姑娘，自己却成了韩芳芳，爱上了有妻子的夜校老师，要我"救救她"。我写过三四封信劝她退出别人家庭，不要做"第三者"。

《姑娘可不可以这样追求爱情》发表后，共收信稿 1611 件，这些信稿大致可分两类：批评郑飞，谴责韩芳芳不该这样追求爱，"你要忍痛割爱"、"赶快隐退"的占 98％；对郑飞同情、赞赏、支持韩芳芳可以这样追求爱的占 2％。邮来的信稿中有工人、大学生、战士、演员、机关工作人员。我们从正反两方面选登近 10 篇文章，其中有一封是山东某县三个男孩的来稿，真实、感人，全文如下：

我们原有一个幸福的家庭，从小就得到家庭的温暖。可是自从前年（1980 年）爸爸工作的小学来了一位年轻女教师，并且她和爸爸相爱后,我们的家庭就开始不平静了,从此再也听不到笑声,听到的只是吵闹声和妈妈的哭泣声,这样的状况持续了一年,母亲忍受不住这种痛苦,就撇下我们自杀了。我们失去了母爱,也得不到父亲过去曾给我们的爱,我们幼小的心灵受到了极大的创伤。我们渴望尊敬的叔叔主持正义,对那些破坏别人家庭的"第三者"进行教育处理,以免像我们家庭这样的悲剧重演。

回城知青离婚潮中的一个闹剧

　　大约在 1980 年,北京有一桩普通人的离婚案,经有影响的《新观察》、《民主与法制》杂志报道,引起社会广泛关注,大街小巷议论纷纷。我作为青年刊物编辑、记者,自然关注有加。出差北京,与文友辛娥刚见面,她就谈遇罗锦婚变。她和遇熟,介绍我们在她家相见。

　　辛娥怎会和遇罗锦熟?"同是天涯沦落人"。两人就各自婚姻问题咨询法学研究所专家时相识,遂成密友。辛娥受过高等教育,插足一对死亡婚姻,有夫之妇发现后大吵大闹告上法院,声言"自己不离,你辛娥别想嫁给他,我拖死你。"辛娥骂这个女人没文化,不道德。一时间,在当地闹得沸沸扬扬。我曾写《"拖死她"对吗?》,发表在四川《文明》杂志上。

　　遇罗锦因"思想反动"被遣农村劳教三年,回京后没有户口,没有工作。哥哥遇罗克由于写了《出身论》等所谓反动文章和反动日记被枪毙未平反。在建筑部门当电工的蔡钟培帮助遇罗锦走出困境,办了三件事:第一件事把她的户口从东北农村迁回北京,第二件事帮助她找到了工作,第三件事帮助她为哥哥遇罗克平反。她觉得他人好,与他结婚。

遇罗锦有工作后,生活改善,便向蔡提出离婚。闹剧由此而起,舆论哗然。

遇罗锦三十上下,中等身材,不胖不瘦,长相一般。提到离婚,她说:凭良心讲蔡钟培老实、忠厚、正派。但是,他不爱学习,不求上进,一回家就把收音机开得震天响,而我要安静的环境学习钻研业务,生活不到一块;我和他看戏看电影,他常打瞌睡,观后感胡言乱语,思想感情合不到一块;我爱远足,爱山水花草鱼鸟,他却毫无兴趣,玩不到一块。我们毫无共同之处,文化差异太大,日子没法过下去,我决定离婚,我要寻求安宁和愉快。

罗曼·罗兰说:"两个人的结合不应当成为相互束缚。这结合应当成为一个双份的鲜花怒放。"可是,舆论骂遇罗锦忘恩负义。她辩解,我和蔡钟培结婚,双方都有条件,他二婚我二婚,我穷他贫,丈夫帮妻子做一些事应该。我不是因为恩施嫁给他,说不上忘恩负义。

"有人骂你陈世美。"我说。

"我不是陈世美。陈世美追求金钱和地位,我追求感情和事业。"

辛娥插话:遇罗锦是北京工业美术学校毕业的高材生。她喜欢"玩具设计",设计的玩具曾受到公司嘉奖,有几本"智力图书"多年畅销市场。最近她写的《一个冬天的童话》登在大型文学杂志《花城》上,获得广大读者好评,法国翻译成书出版了。

遇罗锦离婚缘由如是。为什么有如此大的反响呢?

十年浩劫,千千万万知识青年被逼"上山下乡",有不少人在农村结婚生子,培养感情,过上了幸福生活;有些人从生活考虑,忍受着不幸的婚姻，返城后一切有了变化，出现了一轮主体对象是回城知青的离婚潮，这是"文革"造成的。

先哲孟德斯鸠有言："不许离婚，配合不当的婚姻就不能得到挽救。"《青年一代》1981年第一期发表遇罗锦的《我结婚的前前后后》，同年第二期发表蔡钟培的《讲感情也要讲道德》。就此，遇罗锦和蔡钟培的离婚闹剧落幕了。

后来，遇罗锦来信告诉我，她和北京钢铁学院一名工程师结婚了。再后来，她寄来一篇《假如我当总经理》，刊登在《青年一代》1986年第一期上。

1981 年年轻人对婚礼的看法

办杂志，坚持调查研究，是每一位编辑都须做好的功课。

结婚是青年的终身大事。上世纪八十年代初，上海青年对婚礼有哪些看法，我和关晓时作了一次社会调查。此调查发表在《青年一代》1981 年第六期上，它留下了时代印痕。

我们调查了 91 人，对象是工人、店员、科技人员、文艺工作者、解放军军官、大龄大学生。调查后，我们按内容分为四类，统计人数如下：

力求简单实际的 36 人；

欢喜热热闹闹的 25 人；

屈服顺从习俗的 18 人；

主张不拘形式的 12 人。

力求简单实际的

量力而行不靠父母

我们准备明年结婚。恋爱三年来积了 1300 元钱，准备买一点实用的东西，简单办两桌酒，还计划去杭州旅游一次。我们全靠自己的能力安排自己的婚礼，不要父母的钱。父母钱不多，也是辛辛苦苦挣来的。

去看看大好河山

亲朋好友可以聚一聚，终身大事，自己高兴，也要让他们高兴。平时没有机会到外地去，结婚这几天出去旅游，看看祖国大好河山，留下美好的记忆。喜糖发给比较熟悉要好的人。我不收礼，收礼要还，请人家吃喜酒要收礼，人家也是一个负担。

不讲排场要清静

我不想随世俗，但也要像个样子。我是个读书人，要办个书橱，有张写字台，把新房布置得雅致些。买个录音机，可以听听音乐，学学外语。不讲任何排场，不讲任何形式，想清静。

要情投意合不要小市民习气

我主张有多少钱办多少事。我是和所爱的人结婚，不是和家具摆设结婚。房间布置是次要的，情投意合才是主要的，有二三条被子就可以了。我最看不起用父母的钱的人，用车子搬嫁妆，放鞭炮，这都是虚荣、庸俗、小市民习气的表现。

不讲阔气家具少而精

我们结婚不讲究阔气，我爱人是坐公共汽车来的。那天，我们举行了舞会，大家心情舒畅，也很热闹。家具少而精，旧的也有。别人看了，赞扬说："这样的婚礼办得好！"

借债办婚礼是精神折磨

我用自己的积蓄办婚礼，不伸手靠父母。嫁妆，我晚上用黄鱼车拖，不给人家看见。举行婚礼是一时，房间布置享用一世，回到家里要舒舒服服。借钞票办婚事是精神折磨，我不干。

不搞排场不做"清汤司令"

我想参加集体婚礼，可是规模太大，我和亲友得不到感情上的满足，有些犹豫。我如不参加集体婚礼，也不会搞排场。我俩都是工人，小工资，要想摆阔，只有害自己。我不想天天吃萝卜干饭，做"清汤司令"。

结婚省下钱补补身体

我们结婚没办酒，托个同事发了一些糖。我们旅游度蜜月回来，虽然有人说我们，但也有许多人称赞我们的做法，还有很多小青年说他们结婚也这么做。说闲话的人，时间一长也就不会再说了。一年后，他们还祝贺我们得了一个大胖儿子呢！结婚时省下的钱，给母子两人补补身体，蛮实惠！

欢喜热热闹闹的

要办得现代化些

新娘欢迎宾客多一些，就像演员希望观众多一些一样。在经济条件允许的情况下，我要把婚礼办得现代化些。家具自然要全套的，电视机要有一只，房间小，电风扇不能少。我在新雅饭店订了 8 桌酒，少了，人家要说我小气。喜糖要发到至爱亲朋手中。办这些事，主要是我拿的钱。未婚夫如果有积蓄我还要办得闹猛热烈些，扎扎台型。

一生中就是热闹一次

我们当工人的，一生中就是结婚时能热闹一次，排场大一点，开心一点，也是应该的。如果结婚寒酸、冷清，岂不是枉度了一生。再说，国家生产那么多高级东西，总是卖给老百姓的，能办到的，我借债也要办到，情愿以后吃苦，也要把婚事办得像模像样。

趁现在刮点爷娘

我家是本地人,习惯女儿嫁出去像泼出去的水。趁现在还可以刮点爷娘,就多买点东西。我想新房布置,准备 20 条被子、2 个樟木箱,电风扇、电视机统统都买好,在小姐妹之间也好神气神气。

坐轿车兜圈子有意思

我俩是邻居,两家相隔几步路,但结婚那天还是叫了一辆小轿车,贴上大红"囍"字,兜了一个圈子,放放鞭炮,左邻右舍都来看热闹,真有意思!

屈服顺从习俗的

谁愿把钱一次花光

我利用业余时间学会了裁剪缝纫,自己的衣服自己缝制,不花一分钱。有时帮帮朋友裁裁缝缝,也领一点情。最近我帮一个小青年做一套结婚家具,说好 150 元工钱,每天下班后做到深夜十一二点钟。辛辛苦苦为啥? 还不是结婚要花钱。我有什么法子,社会风气就是这样么! 谁愿意把辛辛苦苦挣来的钱,用在一次婚礼上。

只好听丈母娘的话

我和女朋友都是团员,我们都想把婚礼办得简单一点,可是我那个丈母娘不肯,我只好硬着头皮上。我这次办了十几桌酒,原打算没这么多,也不想上饭店里去,但丈母娘要面子,一定坚持要上饭店。为了减少矛盾,想想还是依了她吧。

不敢辜负父母的好心

我们一点积蓄也没有,结婚的东西都是父母准备的,我们都不管。两家老人都是老脑筋,在被子里放喜蛋、糖果等等东西,同学朋友都当笑话说。我们并不欢迎那些过了时的老一套,但是不敢辜负父母的好心。接受这些旧习俗,并非发自我们内心的需要。

不要给婆婆牵头皮

我已结婚了,住在丈夫家里。结婚时没多花钱,结婚后我婆婆常牵我头皮,说:"这小娘有啥神气头,想当初到我家来只有一只箱子、一只脚桶、几条被头,要是现在这样,给人家牙都要笑掉了。我儿子戆呀!"我听了真气!我后悔当初没多办点嫁妆。

主张不拘形式的

悄悄地举行婚礼

新房布置为我所用,不是摆样子给人家看的。我要像契诃夫那样悄悄地举行婚礼,不要人来打扰我。我不赞成发糖,上门道喜的可随意抓糖吃。我按自己的心愿安排婚礼,决不听人摆布。我的未婚夫和双方家长也听我的,社会舆论我才不管哩!

安排得诗情画意

旅行结婚要走得远一些,时间要充裕一些,游玩要悠闲自在一些,住得也要适意一些,安排得诗情画意。如果把旅游结婚安排得紧绷绷的像出差一样,弄得人疲马乏,就没意思了。房间里搞一些组合式家具。墙上挂几幅画:夏天要挂大海的画面,海面宁静无风浪;秋天挂枫叶之类的彩色画,看万山红遍。两条被子。一切繁文缛节统统不要。

一杯红茶两颗喜糖

如果父母强加我搞习俗婚礼，回避不了，我就往外跑。回来后补一课：一杯红茶，两颗喜糖。我们自由恋爱，也要婚礼自主。才不睬那些三姑六婆、左邻右舍的点子，何必被那些俗人牵着鼻子走呢！

请几位亲朋聚聚

请几位亲朋到家里来聚聚，搞些茶点，弹弹琴，唱唱歌，致致贺词。新婚要给自己有个深刻的记忆，这种记忆不是学时髦，而是要有自己的特色，这种特色是精神方面的。纯真的爱不追求物质，而追求精神。

不搞等价交换

我爸爸是教授，妈妈是统计师，女朋友父母都是部队干部。我们办婚事，双方父母都叫我们自己作主。我们不受世俗婚礼的影响，不接受任何亲朋的礼金。我们以前吃过别人的喜酒，送过礼，但不希望人家还礼。你送来，我送去，看看热闹，其实是"等价交换"，把真正的友谊庸俗化了。

调查后记

当前，青年人对婚礼有什么意愿、设想、追求，以及欢乐和苦恼，我们带着问题进行了调查。

这份调查是我们和许多青年人一个个倾心交谈积累起来的，旨在就这一问题提供社会人士一份真实可信而又值得我们思索的研究资料。

一位小作者的出色表现

　　《青年一代》的读者对象是广大青年，重点对象是中间层青年，其中包括后进青年、犯过错误愿意改正的青年。这些青年是我们的服务对象，我们经常深入到他们中间调查研究。

　　一次，我和编辑关晓时及一位小作者洪正去工读学校开座谈会，调查他们进工读学校前的生活情况。洪正是上海葡萄糖厂化验员，二十刚出头，在本刊发表过处女作，通读过《资治通鉴》。请她去，让她锻炼，也为了给我们写文章。

　　工读学校老师选出十名女子参加座谈会，她们听说《青年一代》编辑来开座谈会，一个个兴奋异常，抢着发言，说自己过去如何如何。我没有见过这样乱糟糟的发言，多次要求有序发言无用，只好竖起耳朵注意听。有一位名叫谢景的女子断断续续说着自己的过去，因为她的发言常被人抢话头打断。会议开了大半天，我发现洪正面前的笔记本上没有记一个字。失望！洪正不记录，回去怎么写文章？她坐在我身旁，我推了一下她的笔记本，她似乎才醒过来拿起笔记了几个字。

　　会议结束了，走出工读学校，我问她文章怎么写，她没有回答我。

隔天,洪正把她写的二千多字《棍棒教育的恶果》交给我,内容比我记忆的要详尽得多,文章层次清楚,铺叙得当,令我佩服,当期本刊就登了出来。文章内容如下:

当我走上邪路,又重新看到了光明,决心重新做人的时候,我是多么后悔过去所走过的弯路啊!自己犯错误,除了主观因素外,还离不开我父亲的那种"教育方法"。

我出身工人家庭,家中数我最小,很受父母的疼爱。我不用做家务,吃得好,想怎样玩就怎样玩,渐渐养成了任性的脾气。到了小学六年级时,父亲对我说:"女孩子长大了,不许再整天野在外面了。"他要我像姐姐那样,老老实实待在家里读书。我已任性惯了,怎么收得了心?于是我只好趁父亲不在家,溜出去玩。

有一次,我去买辣酱,趁这个"公差"的机会,到一个女同学家里去白相。父亲回家,见我好长时间没回家,就骑着自行车来找我,正巧在马路上相遇,他问我哪儿去了。我不敢实说,脑子一转,想起昨天这儿有一个乡下人被偷了钱包,我便撒了一个谎:"我的钱包被人偷了,刚从派出所出来,小偷已被抓住了……"父亲不信,赶到派出所,一问,事情发生在昨天,同我无关,这可把他气坏了,狠狠地揍了我一顿。

我有两条长辫,常常把它梳成各种漂亮的发型。父亲见我这两条辫子挺惹人注目,一天晚上趁我熟睡时,剪去了我一条辫子。我醒来,发觉一条辫子没有了,气得大哭了一场。我对父亲的举动不满,干脆跑到理发店把头发烫了。父亲原以为把辫子剪掉我就没法了。谁知我的头发反而更时髦,他气得不得了。以后对付我的唯一办法就是棍棒。

我父亲管过劳教犯,为了要制服我,他把对付劳教犯也不能用的厉害手段用到了我身上。只要我一贪玩,一说谎,稍不顺他的心,他就用竹条、皮带抽我,把我吊起来,或用铁链条锁,上老虎凳。有一次,他把我吊起来,不准家人放我,关照好后他去上班。还有一次,他怕我溜出去,用链条锁住我的双脚。我等他们不在,砸断了链条,逃出家去。每次打我的时候,他怕左邻右舍知道,还用毛巾塞住我的嘴,不让我哭出声来。开始,我有点怕,打惯后,我也无所谓了,至多皮肉吃些苦。他越打我,我越恨他,和他闹对立。有时,他虎着脸,像对管制分子那样喝道:"今晚不准出去!"我本来不打算出去,一听到这话,偏往外跑。我想,大不了就是挨顿打。

尽管在家里挨打受骂,到学校里我还是想好好念书,参加班级的各种活动。可是由于父亲三天两日地找老师告我的"状",老师慢慢地对我也改变了看法,不信任我了。父亲又到我的同学家说我不好,警告她们不要和我玩。她们看到我父亲都很怕,因此也不敢和我在一起了。从这以后,我成了孤单的人。我恨父亲破坏了我的名誉。也正在这个时候,有些不大好的同学就主动和我接近,我认为这些人够朋友,我整天和她们混在一起。父亲看到我如此,更是恨我,打我。为了避免一顿毒打,我有时不敢回家,流浪街头,在那寒冷、风雨、寂静的夜晚,我望着街灯流泪、抽泣……在绝望中,社会上自称好心肠的人收留了我,还有花言巧语的男子追求我,在我心目中,他们才是我的亲人。那时我才十七岁。那男子把我带到他家里,他母亲很喜欢我,把我认作干女儿,常常带我出去逛马路,给我买各种各样吃的穿的东西,而且还对我谈起她年轻时的风流韵事,教我如何交友。我感到在她家比在自己家开心,有趣。

后来,我又认识了许多人,有了难听的绰号,在我居住的那块地区出了名。白天,我就旷课,出去找那伙人。晚上,父亲不准我出去。我想,现在我有地方去了,你打,我就"逃夜"。男子的母亲给我们一个房间,我就在他家里住了下来,一住就是几十天。

我失去了少女纯洁的心灵和情感,不读书,成天玩乐。起先,我还感到自由。后来,我觉得心灵空虚,我想起了自己的家,可是一想到父亲的棍棒,心里就感到恐惧可怕。我想起男友的母亲教唆,对付父亲可以吃"敌敌畏"假自杀,威吓他们。我买了两瓶"敌敌畏",倒空了一瓶,装满水,然后跑到学校,将两瓶一起喝了下去。我被送进医院急救。出院后,学校处分了我。父亲怕我再犯,打申请报告坚决要求工读学校收留我。

进工读学校后,老师使我看到了生活光明,有了重新做人的勇气和信心。我在弯路上饱尝了辛酸苦辣。回忆往事是痛苦的,我真想把过去的一切永远忘记,但是,如果它能像一口警钟时刻对我提醒,或者我的过去能给别的青年和家长以一定的借鉴,那么,我还是愿意把我的痛苦经历写下来,作为一个教训,奉劝正迷入歧途的青年不要走我的路,也请求千千万万的家长不能学我父亲的样。

谢景　口述　洪正　整理

小荷尖尖，才华初露，我真心地对洪正说："我愿意在你前进道路上（指写作）送你一段路，待你腾飞时我就不送了。"

她对我这句话很介意，当时沉默不语，过后写信给我表示不满："那天，你对我说过这样一句话：'我愿意在你前进道路上送你一段路。'我当时听了就有一种感觉，但没有来得及去细想是什么感觉，此时在这封信里我可忍不住要说了，当我真心对待一个人的时候，我心里已经决定把他作为一个永久的朋友，就像乘火车时一个一起到达终点站的旅伴，而不是一个在中途站下车分别的旅伴，如果预先知道一个老师，或者说是一个朋友将会和自己分别（当然不是指地理上的分别），那我就会想：是什么原因？即使不一定是个不愉快的原因，但至少也不会是个愉快的原因，被这种预感缠绕，我就不能完全真心地对待他了，或许你会认为我是在找岔子，或是神经过敏，但务必请你原谅。我写得很直率，但很诚恳，我是真心希望你能永远给我引路，而不是'一段路'。"

说此话以后几年，洪正果然腾飞了，她去瑞士留学，写博士论文时回过上海，见过几次面，交谈甚欢。我写了一篇《洋博士洪正》，发表在上海一家杂志上。

我有一批作者，他们在我的编辑生涯中起了重要作用，洪正是这些作者中优秀的一员。这位小作者的出色表现，留给了我深刻印象。

苦辣大半年

一般人都以为编辑工作无非是组稿、看稿、改稿、发稿，选不中的稿子退稿。这些都说得没有错。

俗话说："隔行如隔山。"发生在稿件后面的事还有很多，有些人并不清楚。我的编辑生涯中碰到过许多麻烦事，也曾经被人无理纠缠，长时间不得解脱，苦辣大半年。

早在1874年，清代大学士张之洞坐船经泸州，欣闻岸上酒香，便遣仆人上岸沽酒。仆人扛酒罐上船，打开封口，酒香扑鼻，他倒酒饮酒，连声叫好，问"此酒购何处？"仆答："购自泸州南城外营沟关深巷里。"张之洞拍手称赞："酒香不怕巷子深。"就在这个产泸州大曲的地方，由于我发表文章为一个弱女子主持公道，让那个侮辱她的恶人受到处罚，使弱女子平息了心头之恨，重新走上自己的工作岗位。因此，《青年一代》在那个地方也像"酒香"一样，沁人心脾。我们收到这个地区读者十几封求助信，其中有一封"秦兰告状"更加引起我的注意：

有一对夫妻，由于婚前双方不甚了解，造成了婚后不和。

婚后，妻子为了寻求往昔"友谊"，与旧情人往来不断。丈夫多次劝妻看在两个儿女分上，同旧情人断绝关系。妻却忿然回答:"我们本来就不该结婚,和你结婚我倒了八辈子的霉。"后来,丈夫拿获了妻子与旧情人的调情信,受不了自己的妻子成为别人的情人,吵闹撕打,风雨不断。

秦兰姑娘是他们的好友,做双方思想工作。那位妻子认为自己与旧情人保持"友谊"没有错,而那位丈夫无论如何不能接受,夫妻二人各不退让,结果闹到法院,法院调解无效,离婚了事。

离婚时,法院把幼儿判给男方,把长女判给女方。

那男人既要工作又要带孩子,很苦很累。秦兰姑娘看他正派、善良,很同情他处境,常去看他,帮他料理家务,照顾孩子。秦兰也常去看男方的前妻,把男孩的饮食起居生病吃药等事告诉孩子的母亲。

前妻听了,先是感谢,后生怀疑,渐渐觉得姑娘对自己前夫生情。

秦兰与男方走动多了,街坊闲话四起:"她常往他家跑,我看不正经。""照顾孩子是假,和男的谈情说爱是真。""人家刚离婚,小姑娘就插进去.怎么不怕难为情啊?"……

姑娘流着泪对男子说:"你人好,我同情你,为你分担忧愁,想不到有这么多流言蜚语。"

男子说:"别听那些人胡说八道,不要怕,我们走自己的路。"

"走自己的路",男子这句话在秦兰脑子里盘旋了起来,她确实爱他善良,自己也不小了,该有个温暖的家,她对他说了心里话。

前妻知道了,说自己上了秦兰大当,提出要和前夫复婚。前夫不答应。她警告前夫,你和别的女子结婚可以,就是不准和秦兰结婚,如要结婚,就和你们拼个你死我活。

事情闹开了,关心姑娘的人劝她:"你这个姑娘,还怕找不到男人,离开他算了。"反对他们要好的人骂她:"踩着别人的背谈恋爱,把幸福建立在他人的痛苦上。"

姑娘不听劝,不怕骂,非要和那男子相爱,结婚。

前妻凶悍,在街上揪住秦兰头发又打又骂,多次扭打,闹得满城风雨,人人皆知。

秦兰想不通,写信问我们,她爱这个离婚的男人有什么错,要我们评理,帮助。

我回信答复:离婚后,双方都有重新择偶自由,任何人不得干涉。

这是一个对青年法制教育的好题材,《青年一代》在"道德法庭"栏目内发表了《秦兰告状》。

文章见刊后,离了婚的女人和我们不肯罢休,先给编辑部写信,说秦兰搞阴谋,她和丈夫离婚是被秦兰挑拨破坏的,《青年一代》刊登恶人告状信,是错误的,应该更正道歉。

我们回信说:人民法院判处他们离婚前是经过调查的。男女双方经当地人民法院判处离婚后,双方都有婚娶自由。秦兰姑娘爱你前夫是她的选择自由,受婚姻法保护,你不得干涉,更不得破坏。

这个女人不听忠告,写信向上海人民出版社、上海市出版局、市委宣传部一层一层反映,封封信都说"秦兰告乌状",指责《青年一代》发表《秦兰告状》是错误的,要我们登文纠正错误,赔礼道歉。从上面转下来的信,我们要一次次答复,不胜其烦。

她得不到支持,回过头来以自杀威胁我们,她的单位领导多次拍电报要我们迅速派人去解决问题,一次还是在临近春节时,否则出了人命要我们负责。

人命关天,主编和我商量要不要去,不去真的出了人命怎么办?商量再三,不去为好,因为去了于事无补,还可能被动挨打,生出其他事故,决定也以电报回敬她的领导:"我们相信领导、当地组织能够解决她的问题。"

此事最后是如何解决的?秦兰写信给法制委员会,法制委员会批复:姑娘爱上离婚男人没有错,离婚女人干涉阻挠不对。这事才算平息下来。

一年后,秦兰和那个离婚男子结婚了,给编辑部寄来一大包喜糖,收到喜糖时,我长长舒了一口气,大半年我尝到的苦辣总算结束了。

知名人士添彩

秦怡谈稿与借书

秦怡去美国参加"中国电影周"归来,我社请她来做报告。报告结束,我在送她至出版社院门外短短路途中,自报我是《青年一代》编辑,想请她写一篇出国访问记。秦怡没有推却,只是说近来很忙,有空想好题目给我们写。我向她要了联系地址和电话。

半个多月过去了,不见回音,我等不及了,便在一个星期天上午找到复兴路她的家。她家在一条干净、清静的里弄内,住一幢三层楼房的二层。她家有一间二三十平方的客厅,中间放一张长方形大桌,桌子四周放着半人高的靠背椅。桌的一头放两张沙发一只茶几,我和秦怡坐在沙发上谈如何写稿。

"不好意思,打扰您了!"我说。

她说:"你约我写稿的事我没有忘记,我从美国回来后工作一直很忙,回到家要照顾两个病人,实在没有空余时间。对不起,还要你跑一趟。"

秦怡如此向我解释,我心生歉意,一时不知怎么回答她。

还是她挑开话题,说在美国遇到选片机构一位南希姑娘,陪他们看电影、吃饭,非常客气,照顾周到,很有礼貌。

她有兴趣说南希,可能就是想要写的内容,我连忙问:"是不是为我们写南希？"

她没有直接回答我，却说了她与南希一段对话："我问她现在美国青年情况怎样？她说现在美国青年拼命追求物质享受，拼命干工作挣钱，思想空虚。她问我，你们国家的青年人怎么样？我对她说，我们和你们生长在不同的社会，有不同的想法。我说自己，家中爱人和儿子有严重疾病，要我照顾，我的工作又很忙。可是当我塑造的人物能感染观众心灵时，我就很愉快，忘记了个人苦恼。我体会到，一个人单从物质上追求而没有精神支持，就会陷于苦恼。当然我不是反对物质作用。"

我问："南希能接受您的想法吗？"

"南希听我说完这段话，十分激动，连声说'谢谢'，还一次次叫翻译向我转达她深切的感谢，她说从来没有人和她谈过这样的话，她将永远记住中国'明星'这些话。"

我见秦怡喜欢南希，于是问她是不是可以写南希。她答应了。稿子寄来，写的是《与南希的谈话》，当然不止上述那些话，还有南希评论中国电影的一些话。

不久，《青年一代》请秦怡参加在丁香花园召开的茶话会，我与秦怡交谈时，摄影记者为我们拍了合影，保存至今。

秦怡同志要拍电视剧《在上海屋檐下》，托我借这本初版书。我很快从资料室借到了，编辑小关要为我送去书。

《上》剧上演后，资料室催我还书，我打电话向秦怡说明，她在电话中连连道歉，答应找到后马上送还。

隔几天，她来信道歉："实在抱歉，《上》书我早就向剧团去要了，但他们不知转到谁的手里了，我也因各事纷扰又把此事忘了，我明天继续找。一定设法归还，在此先向你们的资料室表示歉意。这么久还未归还，这完全是我的责任，请原谅！"

又过了几天，这本书仍旧没有找回来，她又来信说："我先写一信给你们资料室，然后找到或买到后去还。"她俨然把它当作一件事认真在办。很快，她写了一张字条给我，凭着她的声誉相信资料室不会怎地，我足以交待了。

不出所料，资料室见到条子，也就不再向我催要了。哪知秦怡还在那里操心，再一次又给我来信说："找了许多书店都没有那种版本，我只能从一位同志那里买下他自己买的这本书，不知是否可以？——这件事给我很大的教育，说明我办事不够认真。我终日忙乱，肯定还有许多事没处理好。我周围无一帮手，整天为各种各样的人和家务所烦，工作又忙，看来确实要改变生活方式了——拖了这么久，还请多多原谅。"

我详细写下秦怡借书，固然想说大明星为借一本书未能归还如此认真地再三道歉说明，很值得我们敬佩，另外也想说，作为一名编辑也要为读者服务，做一些编辑份外事。不，其实也是编辑应该做的份内事。

朱仲丽赠书聊往事

吃过早饭，便直奔地安门西大街拜访朱仲丽。朱仲丽是我党卓越领导人王稼祥的夫人。

朱仲丽住在一座宽敞的花园洋房里。进门，穿过三四十步花园小道，便到了她的住所。她在客厅里又一次接见我，正方形客厅大概有五十平方米，三面放着十几只沙发，墙壁上悬挂着一帧很大的王稼祥同志半身像。她坐在客厅中央的摇椅上和我聊天，和蔼亲切，慈祥健谈。那年，她已72岁，精神矍铄。

朱仲丽送给我她写的7本书，有描写三十年代几个女大学生走向革命历程的长篇小说《爱与仇》，有自传体长篇小说三部曲《春露润我》、《艳阳照我》、《彩霞伴我》，有王稼祥文学传记《黎明与晚霞》，还有粉碎"四人帮"后写的《江青秘传》和《江青外传》，每一本书上她都题字签名。她的笔名叫"珠珊"，为了表达对王稼祥这位无产阶级革命家深切的怀念和敬仰之情，她把自己的姓和稼祥的姓合写在一起成为"珠"，有"珠联璧合"之意；"珊"（册），指书，象征两人之书。

我知道她当过毛主席保健医生，但不知道她会写小说，便问："您什么时候开始创作的?"

"稼祥60岁去世,我十分悲痛,想以写小说慰藉我的悲伤。"

她63岁开始写作,1982年加入中国作家协会,可称是中国文坛上的一位老干部新作家。她年过花甲,却不图休闲,还说"夕阳有限,光阴一天也不能虚度"。她指指客厅旁边一个朝阳小花房,告诉我她的几本书就是在这里写的。她腰疼,有时身体靠墙站着写(写书时用支架)。我不由得脱口赞扬:"您真了不起!"

她搞创作,一定爱看书,我问她:"您最爱看哪些书?"她说她最喜欢看《飘》。这是美国作家密契尔写的长篇小说。

朱仲丽学过医,曾求学上海东南医学院,1949年留学莫斯科医科大学。她喜欢跳舞,周末,常请一些青年人到家里来开舞会。在她担任中苏友谊医院(即北京友谊医院)中方院长时,一次陪毛主席跳舞,毛主席问她"你们医院有多少右派",她说了一个数字,毛主席说:"没有那么多?!"意思医院打的右派多了。

接下来,她唠家常,说稼祥同意她做绝育手术,没有生过儿女。她曾经领养过一个女孩,"文革"中这个女孩贴她大字报,污蔑她,使她厌恶,和此女断绝了关系。

说到她父亲朱剑凡,留日归国后,创办了宁乡中学、湖南周南女子中学,向警予、杨开慧、蔡畅、丁玲都曾在这里求学读书。早年,父亲曾和毛泽东、徐特立一道从事革命活动。还说起肖劲光大将是她的姐夫。

十年动乱中,王稼祥和她未能幸免,也被揪斗、隔离,一起被送到河南一个干部休养所。在那里,她担起了全部家务,照顾患病丈夫王稼祥。

她爱说,我爱听,不知不觉已近中午,但我不忘使命,是为组稿而来。她似乎早就了然,对我说:"你是青年杂志编辑,我就给你们写王稼祥青年时代一些片断生活吧!"

《青年一代》1982 年第二期刊登了朱仲丽的《思稼祥,自难忘》。

姐妹俩怀念父亲田家英

1980 年 3 月，田家英冤案终于得到了平反昭雪。

田家英是我敬仰的一位好同志、好干部，我想请他的家人写他，要比别人写他有真情实感。

车抵北京，已是黄昏，找到一家招待所住下。

当晚，我便去拜访董边，董边是田家英夫人。她家住在崇文门外沿西河一座高层公寓里，敲门进屋，屋内物件不多，却陈设得体，整齐、清洁，使人感到舒心。

董边是全国妇联第三、四届书记处书记。她有两个女儿，都在家，大女儿叫"曾立"，小女儿叫"曾自"。他们夫妇，一个姓田，一个姓董，女儿怎么姓"曾"呢？原来田家英是笔名，本名叫曾正昌。

董边个子不高，十分亲和，丝毫没有感到她有居高临下的干部架子。

田家英是毛主席秘书，兼任中央办公厅副主任。毛主席经常叫他帮助查诗词典故的出处，他都能很快查出来，有"活字典"之称。

我问："听说他没念过几年书，哪来这样大的本领？"

董边告诉我，家英在当中药店学徒期间，积钱买了一部《康熙字典》，这部字典就是他的老师。

董边还说，我家有很多书，陈伯达常来借，借去不还，还来偷书，家英讨厌他，在书橱上贴"告示"拒人借书，实际上是针对陈伯达。（董边说过"告示"内容，我忘记了。）

"文革"前夕，田家英被江青、陈伯达一伙诬陷为反毛泽东思想分子。他受不了这种诬陷，44岁含冤自杀。

我深表不平，请曾立、曾自写写她们的好爸爸，她们答应了。1982年第二期发表了她们的《好爸爸田家英》。文章较长，我摘录她们几件难忘的往事：

爸爸很喜欢丰子恺的漫画，常爱借用他的画教育我们。有一次，爸爸给我们看一张画，画的是一位老妈妈给三个小孩穿衣服，旁边题词是"阿大新，阿二旧，阿三补"。爸爸指着我们姐妹说："你们也是一样，一个阿大新，一个阿二旧，最小的就是阿三补。"说着就笑了起来。我们边跳边喊"阿三补，阿三补……"。还记得姐姐上小学时，当上小干部，总爱管别人，放松了对自己的要求。爸爸知道了，诙谐地说："你怎么变成红皮萝卜了，表里不一呢？"姐姐惭愧地低下了头。多少年过去了，儿时的琐事都已遗忘，可是"阿三补"和"红皮萝卜"却深深地留在我们姐妹的记忆中。

当我们快要上小学的时候，有一天，爸爸对我们说，该给你们起个大名了。说罢，他拿本字典，边翻边和妈妈商量，最后爸爸说："一个叫'自'，一个叫'立'吧，合起来就是'自立'，让她们将来靠自己，不要依赖人。"妈妈也同意了。姐姐先上学，就挑了一个顺口的"立"字叫起来，妹妹嫌"自"字拗口，缠着爸爸给她改一个名字,可是爸爸态度坚决,说:"这个名字好,是爸爸对你们的希望。"

爸爸要求我们从小不说空话,不写假话。记得有一次老师叫大家以"毛主席的故事"为题写一篇作文。我们回家后,找了许多书,边看边抄,爸爸见了,就对我们说:"书上的东西是别人写的,写文章要写自己有体会的事。你们可以把小时候在北戴河和毛主席一起玩,还把毛主席鞋子藏起来的事写出来,毛主席爱儿童,大家也可以受到教育嘛。"

我们从小生活在城市里,从家庭到学校,接触实际少。爸爸决定等我们初中毕业后,把我们送到农村去锻炼。他亲自和当时在苏州地委工作的王敬先伯伯一起到江苏农村选好了地点。爸爸语重心长地对我们说:"下去看看,体验一下老百姓的生活,对你们很有益处。"虽然爸爸的打算由于"文化大革命"的到来没能实现,可是我们都感受到了爸爸爱抚我们的深情。

爸爸小时候家境贫寒,9岁被迫辍学,到中药店里当学徒。但是爸爸能坚持自学。他省吃俭用,买了一部《康熙字典》,一有空隙时间就拿出来翻阅,这本字典就成了他自学的老师。爸爸在当时成都的《华西日报》副刊上发表了近百篇小说、杂文、评论。1936年,他参加了抗日救亡运动。"七七"事变爆发后,由成都地下党组织介绍,他和几位青年一起奔赴延安,临走时只带了几件衣服和那部字典。

在延安,爸爸更是孜孜不倦地学习。中央机关举行舞会,他从不参加,却把别人娱乐的时间都用在看书学习上。我们小时候,中南海机关每星期六都要放映新电影,爸爸很少去看,有时我们千方百计动员他，他也不去，他总是笑着说："各人爱好不同，你们爱看电影，我爱看书。"

在爸爸的书桌上，经常可以看到毛主席给他写来的字条，叫他帮助查找一些诗词典故的出处，爸爸每次都能很快查出来。妈妈问他："你看过那么多的书，怎么能记住？"爸爸回答："看书要有窍门，一般的书看看目录，泛泛地读一下，在脑子里留个印象，以后要用时，知道到什么地方去找就行了。基础的东西要认真看，有些该背的要下功夫背。研究某一问题时，就要把有关这方面的书都找来，仔仔细细地看，弄清它的历史、现状，这样看书才有收获。"

为了工作和学习，爸爸买了很多书，他办公的房间里，除了一张写字台、一套沙发外，四周都是一排排整齐的书橱。很多来过我们家的人，对爸爸的书都非常钦羡。

三年困难时期，供应的粗粮较多，家里常蒸窝头。我们姐妹俩对吃窝头不感兴趣。有一次，爸爸出差刚回来，看到饭桌上放着窝头，非常感慨地对我们说："你们知道吗，下边的群众连窝头也吃不上噢！"那时候，爸爸经常带领工作组到各地农村去搞调查，先后去过四川、浙江、山西、湖南等省。听同去工作的马仲扬叔叔讲，一次，爸爸在路上遇到一个讨饭的孩子，询问后，知道他是从一个较远公社里来的。爸爸心疼这孩子，把他搂在怀里，并立即决定工作组到那里去调查。那里由于"五风"为害，生产遭到破坏，走遍全村见不到一只鸡鸭，社员个个面黄肌瘦。几天后，爸爸在群众大会上向社员说："我们受大家的委托，回去之后，一定如实向党中央、毛主席反映群众的疾苦和呼声。"讲到这里，爸爸流下了眼泪。"十年京兆一书生,爱书爱字不爱名,一饭膏粱颇不薄,惭愧万家百姓心。"这首刻在一枚图章边款上的诗文,正是爸爸那个时候心情的最好写照。

1966 年 5 月 22 日爸爸去世前一天的傍晚,吃过晚饭,我们来到爸爸的书房,刚一推门,就被闻声赶来的妈妈拦住了。妈妈神情严肃,把我们拉到一边说:"爸爸这里有事,你们回自己房间去。"我们好奇地向屋里张望,只见满桌满地到处散落着文件和纸片,爸爸站在桌边,紧锁双眉。旁边有几个陌生人,我们只认出一个是原中办秘书室戚本禹。他们在和爸爸说话,语气很强硬,但听不清说什么。看到这种情形,我们预感到有什么不幸的事将要发生,怀着一颗忐忑不安的心退了出来。后来听妈妈说,那天深夜,戚本禹还打电话来,爸爸不等接完电话已盛怒难平,把电话机摔在一旁,愤愤地说:"他算什么东西!"那一夜,爸爸和妈妈都彻夜未眠。妈妈见爸爸一天没吃什么东西,就给他做了一碗面汤,可他连尝也未尝一口。他始终没有和妈妈说什么,陷入了久久的沉思之中。最后,听见他难过地自语道:"孩子们今后要靠自己了。"

第二天,我们再也没有回到中南海。在这之后短短的一个月里,我们和妈妈一起,被迫搬了三次家。我们为始终见不到爸爸而深感不安。追问妈妈,妈妈强忍着悲痛,一直没有把爸爸的事告诉我们。直到几个月后,中央办公厅通知我们,要与父亲划清界线时,我们才知道那天晚上的一面,竟是我们与爸爸的最后诀别。爸爸去世前留下的"相信党会把问题搞清楚,相信不会冤沉海底"这几行字,始终在我们心中鸣响。到 1980 年 3 月,在党中央的直接关怀下，爸爸的冤案终于得到了平反昭雪。

读完曾立、曾自的怀念文章，我不由得想起在安徽某地一个纪念堂前看到的一副对联：莫道忠奸成定论，顺从历史辨贤愚。终于在 1980 年，中共中央为田家英举行追悼会，评价他"是一个诚实的人，正派的人，有革命骨气的人。他言行一致，表里如一。他很少随声附和，很少讲违心话……"

与黄维一席谈

《青年一代》发表黄济人的《黄维晚年生活》后,收到几十封读者给黄维先生的信。我想拜访这位原国民党第 12 兵团中将司令,打听一下他的晚年是否事业有成,顺便把读者的信送给他,请他给读者写一封回信。

黄维住在哪里我不知道,他是全国政协常务委员,于是我找到政协,向一位工作人员说明来意,请她和黄老通个电话,说我是《青年一代》编辑,把读者来信转给他。那位工作人员说黄老近来脾气不好,不愿见记者。我仍请她打个电话试试。她通话后告诉我黄老今明两天没空,后天有时间见你。她笑着说:"没想到黄老愿意接待你,你运气好。"接着,她把黄维家的地址写给我。

那天上午,我坐车到复兴门外,走进一座公寓,乘电梯上楼,敲开了黄老家的门。站在我面前的黄老约莫 1 米 75 的个子,不胖不瘦,着一套灰色中山装,脚穿一双布鞋,看上去像文人,不像武将。黄老把我让进房间。

房间长方形,约 16 平方。朝南有个阳台,窗子下放着一张写字台,写字台上堆着书籍和文件,一叠稿子摊在桌上,显然他是放下手头工作接待我的。房间一端放着两张椅子。靠墙当中有一对单人沙发,两张沙发中间放一茶几。陈设简朴,没有多余东西。坐下后,一位中年女子递来一杯茶,黄老从茶几下拿出一个圆圆的小糖盒,请我饮茶、吃糖。

他坐在办公桌旁一张靠背椅上。我把读者写给他的信递给他,他起身接过去,看了几封便放在桌子上。他最感兴趣的是试制"重力发动机",我便从这里挑开他的话题。

他说他战败后,后半生想为农民做点好事,于是搞起了"重力发动机"。如果试制成功,把它装置在耕种机上,不用任何燃料,不仅能使农民耕种减轻劳动强度,而且还能节省能源。他认为"地心引力"这种巨大的自然力,迄今为止还未被人作为能源开发利用。

他说他在狱中花了五年功夫,写了十余万字的论文,1956年,当周总理委托爱国人士张治中前往北京功德林战犯管理所看望那里的国民党将领时,他把论文给张治中,托他转交周总理。

"后来呢?"我好奇地问。

"听说后来周总理把我的论文交给郭沫若,郭沫若交给中国科学院,中国科学院科学家把它否定了,说'永动机'早就被法国科学院判了死刑……其实,我试制的是'重力发动机',不是'永动机'的翻版。"

我没问"永动机"和"重力发动机"有什么不同,我更感兴趣的是他的经历。

他接下去又说:"1967年,我被转到抚顺战犯管理所,监狱管理员说我搞这个东西是逃避改造。我不满,跟他们闹别扭。所以我是政府最后赦免的一批战犯之一。"

说到"战犯",我想起 1948 年 8 月,淮海大战开始,蒋介石任命他担任第 12 兵团(亦称黄维兵团)司令,赴淮海战场,支援杜聿明。不到四个月,他在淮海战场双堆集阵地陷入进退维谷之境。我军将领敦促他投降,黄维不服输,结果兵败被俘。我感到黄老愿意和我谈他的过去,便趁机问:"淮海大战国民党失败的原因是什么?"

"有两个原因:一是老百姓支持共产党不支持我们,我们打到哪里,哪里的老百姓就跑光了。二是身边有军统特务监视我,还有共产党地下工作人员控制我,在淮海大战最紧张的时候,我派身边一个少校情报官送信,结果不回来了,事后才知道他是共产党派来的,把信送给了共产党。"

谈话间,坐在一旁的中年女子插话:"中央电视台就在我家对面,他们把摄像机搬到我家里要拍黄老,黄老不肯拍……"黄老伸一手阻止,不让她说下去。在我们谈话过程中,中年女子几次插话,都被他用这样的手势阻止了。

我问他:"您看过《金陵春梦》、《侍卫官日记》吗?"

他摇摇头,说:"蒋介石如果像书里写的那样,我们怎会跟他。"想必他知道这两本书丑化蒋介石,蒋介石并非无能。

又问:"《风雨下钟山》这部电影您看过吗?"

他又摇摇头,说:"我还没有赦免。"

我发觉问错了,不好意思。

我见黄老肯说,又请他谈谈对台湾回归实现祖国和平统一的看法。

"台湾回归要做到,"他不假思索地回答我,"第一,把经济搞上去,让台湾人看到我们生活富裕美好;第二,做好统战工作,争取国民党上层人士;第三,要做台湾青年工作。"

在谈到做好统战工作时,他说他曾给陈诚写过信,做过努力,使他遗憾的是有人写文章说了一些不该说的话,后来他向有关领导反映,报(刊)上虽然做了更正,但影响却不能挽回了,言语之间,流露出不满情绪。这时,他把话题转到记者身上,说有些记者作风不实,浮夸不可信。原来他不愿见记者,是这个原因。

我问他很多,他也说了很多,他说了在黄埔军校走错路,信仰三民主义,没有信仰共产主义;说了何年何月黄埔一期毕业,授何军衔,何处带兵;说了在战犯管理所的生活状况,有电影看,有牛奶喝,劳动没有强制要求;说了自己被囚 27 年,1975 年 12 月获最后一批赦免;说了 1979 年政府组织他们到上海、苏州考察,他提出要去淞沪会战的罗店战场看看,忘不了在抗日战争中那些长眠在上海郊区的官兵;说了试制"重力发动机"遭到在清华大学的女儿反对,得到在江西工作的工程师儿子支持,以及政协和朋友们曾经在经济上给过他一些援助,等等。

我们谈了足足四个多小时,忘记吃午饭。告别时,黄老把我送到电梯口,和我握手,叫我"走好"。

回沪不久,我收到他写给青年朋友的一封信——

青年朋友们:

自从 1982 年第五期《青年一代》杂志刊登了有关我的晚年事业后,不少读者对我研究重力发动机一事十分感兴趣,纷纷来信给我和杂志编辑部，支持我，鼓励我，并要求和我共同研究这一重大课题。有的提出了自己的设想，有的送来自己设想的草图，有的还准备自备伙食自带行李到北京来和我合作设计试制，使我受到很大的鼓舞。感谢支持我的各位青年朋友。

我差不多从1949年开始就有了设计试制重力发动机的设想，到目前止已经历了三十四年，几经周折，几起几落，终于在政协有关领导和朋友及我儿子的支持帮助下，现在已从理论准备到设计试制阶段。我估计从图纸变成机械，可能还会遇到许多意想不到的困难，但我坚信重力发动机在不远的将来能够实现的。

当前世界能源供应仍很紧张，重力发动机如能试制成功，就能为解决能源作出重大贡献。希望有志于研究和创造重力发动机的青年朋友们，百折不挠，从一个又一个失败中吸取经验教训，从失败走向科学新成就，为祖国民族利益奋斗到底。

我今年已经八十岁了，身体也不太健康，你们给我的信，我每一封都看了，有些还是很宝贵的经验，我一定好好研究它，珍藏它，但要原谅我，我实在没有时间给你们一一复信，等到试制结束后，无论如何我会告诉你们的。

谢谢各位！

黄维

1983.10.28

这封信刊登在《青年一代》1984 年第一期上。

几年过去了，直到他离开人世，也没有见到他试制"重力发动机"成功的信息。看来，中国科学院科学家否定"重力发动机"是正确的。

在结束此文时我想说，黄维一生有两次大失败，一是他在前半生与人民为敌，败在淮海战场上做了我军俘虏，一是他后半生花了几十年时间想为农民做点好事试制"重力发动机"未能成功。他是一个悲剧人物！

名人文章受青睐

　　《青年一代》一路走来，曾得到各级领导、专家学者、演艺明星、著名作家、新闻出版界前辈和精英的关爱，他们为本刊撰稿，我们感激他们，尊敬他们，怀念他们。

　　1979 年《青年一代》创刊号上，聂荣臻元帅就为本刊写了《和青年谈学习》，发首篇。1983 年，萧华将军陆续为本刊写了多篇文章，有《当代青年的使命》、《前进吧，〈青年一代〉》、《走成功之路》、《最年轻的一支红军部队》、答青年音乐工作者问的《创作无愧于我们时代的歌曲》。还有：体育界最杰出的老领导荣高棠写的《爱国之心与效国之技》，农机部副部长项南写的《困难压不倒有志青年》，全国妇联书记胡德华写的《爱的教育》，华东局宣传部副部长俞铭璜写的《做人的道理》，上海市委宣传部副部长陈其五写的《两代人的心是往一处想的》、丁锡满写的《不做羽翼下的小鸡》，以及上海市出版局领导罗竹风写的《〈青年一代〉的思想总是向前的》，我社领导宋原放写的《青年立志要为人民造福》……他们肯定青年，鼓励青年，对青年寄予厚望。发表这些文章，教育了青年，得到了一致好评，有位青年读者感言："读领导人写的文章，似耳提面命，又如沐春风。"

一般通俗杂志，专家学者可能不会注意，而《青年一代》却获得了他们关爱，并为其撰文，发表自己的见闻、体验及对青年学习指导。请看：有国际遗传学家谈家桢的《十年寒窗话人才》，有著名基础数学家杨乐的《学习·创新》，有被国外数学家称为"杨张定理"、为国家数学学科发展作出重大贡献的张广厚的《攻关》，有著名医学科学家吴阶平的《新婚性知识问答》，有著名历史学家、社会活动家周谷城的《风华正茂，博大精深》，有俄罗斯文学翻译家草婴的《无声的控诉和无言的宣誓》，有著名经济学家蒋学模的《〈基度山伯爵〉评述》，有著名经济学家温元凯的《海外归来思改革》，有剧作家、散文家杜宣的《我的学习生活》，有漫画家华君武的漫画"挑鼻子挑眼"。在这里特别要说到二老：戏曲史家蒋星煜为本刊发表了数十篇历史题材的故事和小说，另一位被国外会计界誉为"中国现代会计之父"的潘序伦，年已九十，1983 年为本刊寄来了《一个会计家的自述》……嫩笋出土要靠春雨相助。专家学者的文章如"春雨助笋"，使《青年一代》如春雨助长，提升着刊物的声誉。

说到演艺明星，他们有千千万万观众。观众爱看他们演出，也想知道他们幕后、台下的生活，他们的文章能吸引广大读者。翻一翻那几年《青年一代》，就会看到：范瑞娟写的《我的童年心与科班生活》，赵燕侠写的《童年练功纪实》，吴茵写的《我看到的"延安精神"》，秦怡写的《与南茜的谈话》，任桂珍写的《为青年演员说一句话》，关牧村写的《也要有拿世界冠军的勇气》，李谷一写的《致〈青年一代〉的信》，顾蓓蓓写的《在国外演出的日子》，胡嘉禄写的《我的舞蹈之路》，陈燕华写的《正在起跑的我》，姜昆写的《寻找生活中的笑》，王双庆写的《停车风波》……演员除写自己的见闻外，大多写自己的演艺人生。十年磨一剑，成功非易事。正在为事业奋斗的青年人，读到这些文章，便知要想事成，必须立志，立志要能吃苦。

著名作家，拥有广大读者。他们为本刊提供佳作，读者爱看，能为本刊锦上添花，再上层楼。打开陈年的《青年一代》，你就会看到赵丽宏《你我都有开花的权利》；叶辛《在斯里兰卡选美的日子里》；秦牧《人格的力量》；贾平凹《在流逝的岁月中》；周而复《答〈上海早晨〉读者问》；陈丹燕（李小诚）《点亮一盏灯》；张抗抗《想着读者》；刘心武《夜东京》；竹林《真诚的魅力》；流沙河《我的七夕》、《暗夜繁星》；秦瘦鸥《偷学成名的新艳秋》、《从胡蝶婚变想到旧上海》；韦君宜《婚礼谈往》、《海上繁华梦》；黄济人《黄维的晚年事业》、《沈醉香港去来》；沙叶新《似曾相识车归来》；朱仲丽《思稼祥，自难忘》；王安忆《一个少女的烦恼》；茹志鹃《忠贞》；杨沫《从苦闷绝望中猛醒——青春回忆》；叶永烈《跳蚤专家》、《苍蝇专家》、《理发博士》、《无笔画家吴金狮》。这些作家的大作，内容丰富，文字优美，使《青年一代》这块园地百花齐放，美艳动人，广大读者饱得了眼福。

还有不少新闻出版界前辈，有创办《文汇报》、《大公报》的著名报人徐铸成在本刊发表过《篷山春浓忆"少帅"》、《溥仪其人》；著名记者、杂文家冯英子发表过《学一点关系学》、《欢迎更多的"百搭"》、《杜月笙》、《说说使用青年》；著名老报人林放发表过《旧闻新抄》，以及许多新闻出版界的精英周瑞金（芮金）、郝铭鉴、姚芳藻、马立城、陈小川、陈保平、曹正文、周稼骏、司徒伟智、修晓林、傅吉石、唐旬、韩天雨、韩嗣仅、蒋丰……他们的文章内容涉及方方面面、各行各业、各个角落,读者爱读,深得好评。据悉,他们中有些人如今已在国际国内成为专业名人,我们始终记住他们大名,深深感激他们当年给予本刊的热情支持。

名人文章受青睐。名人的许多文章曾在新华文摘、读者文摘、报刊文摘、青年文摘及各类报刊上转载、摘登过,也有多家电台广播过。

须说,上面我举这么多名人和他们的作品,旨在想说《青年一代》曾在他们帮助、支持下才能获得当年辉煌。记得有一位外地同行对《青年一代》拥有数百万发行量甚为羡慕,他对我说:"你们《青年一代》办得好,繁花似锦,璀璨夺目,全国领先,令人刮目相看!"

乔榛的稿子与女骗子的信

乔榛,是我喜爱的著名配音演员,他为人正派,热情谦逊,肯帮助人。

一天,我从报上看到一篇《R4谜外谜》(他曾主演过《R4之谜》故事片),说乔榛想拍戏想疯了,到火车站迎接导演的女儿,热情招待她,安排她和妻子睡大床,他和儿子打地铺,忙忙碌碌到深夜,才独自在台灯下阅读导演女儿带给他的剧本。结果使他大失所望,原来"导演女儿"是个骗子。

我致电乔榛,问他可有此事。乔榛十分生气,说此文歪曲报道,影响极坏。名誉是人的第二生命。我请他快速撰文澄清。他写了《两件事》:一件事,是写他在西安演出后,观众要他签名,他觉得自己是一个小小演员,脸红难签;另一件事,是针对诬篾他的文章的纠正,他写道:"我看这个女子浮夸不雅,第二天一早就打发她走了。"女骗子离开他家,又到别处行骗,在他和朋友提供线索下,很快就被公安人员抓获。文章发表后,为乔榛消除了不良影响,也给了写歪曲报道的人批评教育。

《两件事》发表后,乔榛打电话约我到他家有事说。恰巧安徽师大女生施玲(我曾去安徽师大采访,与她相识)欲学配音,跑到我家,要我帮她找上海电影译制片厂演员,正好给她听到乔榛来电,喜出望外,缠着我带她去见乔榛。事先未征求乔榛同意,贸然带一位姑娘前去,似觉不妥,我未答应。但经不起施玲蘑菇,又确实被她的恳切求师之心感动,终于还是带她去了。

来到乔榛家,叫她一旁就坐。当我和乔榛谈话稍有空隙时,她就插话自报家门,说她从小如何憧憬配音艺术,怎样为当一名配音演员做着努力,今后有哪些学习打算,等等。想不到乔榛一直认真地、饶有兴趣地听着,就像一位老爷爷听小孙女讲故事。

施玲打开自己背包,从里面取出几盘自录带要请乔榛听。乔榛第二天要去北京开会,可能要准备些什么,他说:“这次去北京开会只有三天,等我回来一定听你的录音。”

过了三天,乔榛果然来电叫我和施玲同去他家。我大受感动,带着施玲第二次去见乔榛。这次乔榛打开收录机,一盘盘听着施玲录的长带,有几次还把磁带倒回来再听,煞是认真。乔榛对我轻声说:“不错!”说完,他翻箱倒箧,找出在上海戏剧学院上学时的台词课本,选了《苦菜花》中一段“母亲与曼儿在狱中”叫施玲念,正当我想要问乔榛能给她多少分时,乔榛对施玲说:“你的语言基础基本上是过关的,声音是朴实自然的,并没有因为模仿而矫揉造作,这很好。但要有个环境,进步会很快。”乔榛知人能助,言语中肯,态度和蔼,给我留下极好的印象。

转瞬间过了两年,到了 1985 年,乔榛意外收到张萍(即当年的女骗子)从狱中寄来一封信,他说:“这封信是来自她灵魂深处的痛悔。我把‘女骗子’的信附给你们,愿它对社会有点用处。”我们觉得甚是,把乔榛和“女骗子”的信同时发表,不仅能证实乔榛当年毫无虚言,而且也看到女骗子因行骗被判刑,坐进狱中才悔过自新,发出道歉信。一封短信,错别字很多,说明她过去没有好好学习,生活不自律,以至走入歧途。

乔榛来信及附件见下:

《青年一代》杂志编辑部的朋友们:

……

事隔两年多。不久以前,我意外地收到张萍从狱中写来的信。阅后,甚有感触。

这是一封浸透着忏悔泪水的信。我由衷希望这不是虚假的,也不是张萍一时冲动,而是真正的发自灵魂深处的痛悔。一度失足并不可怕,可怕的是由此而在心灵上结了一层厚厚的痂蒂,对人生失去信心,从此自暴自弃。我也希望她不要仅仅一味地痛悔过去,而要勇敢地往前看。生活是光明的,社会会敞开宽阔的胸怀欢迎每一个敢于自拔的失足者。

现在,我把她的信附给你们,但愿它能对社会有一点用处。

敬礼!

你们的朋友乔榛

附

尊敬的乔叔叔:

请允许我一个女囚这样的称呼您。

岁月悄无声息地流走,三年狱中生活及(即)将过去。多少次我怀着馐(羞)愧的心情向您——被我毁坏了名誉的人写信忏悔,而每次提笔都不知从何说起。痛苦笼罩着幼稚的心。

乔叔叔,人们都知道名誉是宝贵的,而我却胡里胡涂(涂)地损坏了您在人们中的形象,使您在那段时间内蒙受不白之冤,我从内心感到内久(疚)。当我做(作)为一名监(阶)下囚时,回顾身后歪歪扭扭的角(脚)印,觉得自己也弄不清当初是怎样迈出的步子。当我回忆那向(像)恶(噩)梦似的昨天,无凝(疑)是在啜一杯酸涩的苦酒,然而这痛苦的回忆,往往使我从中总结出教训,教我自新,教我悔过,使我心中出(除)了疚恨之外,又产生出新的勇气和信心。

从童年到少年时代,我曾做过多少关于人生的梦。您恨我,这是我知道的,我是有罪于人民的罪人,我给您名誉上代(带)来了不可米(弥)补的损失,您打我,骂我都可以,也许这样我心里好受些,但我又多么的希望您能宽宏大量地原谅我。现在,家长的规劝,在鞭策我改恶从善,政府的教育,在推动我加速改造,形势的发展,在催促我早日成为新人。四监狱根据我的表现给我减刑一年,不久,我将获得自由。这对我来说是高兴的,但我总觉得使我惭愧。

尊敬的乔叔叔,我即将踏入社会,社会对我来说是可怕、新奇、陌生。现在报上、广播中、电视里,出现的改革新闻,给我极大的刺激,使我精神压力太大了,我今后的路将是怎样呢?人到这种情况,不是泪水洗面,也是愁眉不展。

不打扰您宝贵的时间,就停笔。

祝您

工作上取得更大的成绩

女囚张萍

一九八五年四月十三日

要我书面发言

　　王德春是一位儒雅善良、好学求新的学者。认识他时，他还是上海外国语学院副教授，到他 2011 年去世，30 年中他已是著名语言学家、上海外国语学院教授、博士生导师、国家级突出贡献专家。他勤奋著书立说，有语言学著作、译作、词典 24 种，发表过语言学论文、译文 250 多篇。

　　给我印象深刻的是，1983 年春中国修辞学会华东分会召开的"开创语言学、修辞学新局面学术座谈会"，参加会议的有上海市委宣传部副部长陈其五、上海社联党组书记罗竹风、上海市文联副主席李俊民、《文学报》主编峻青、《萌芽》杂志主编哈华、上海市高教局副局长余立、华师大中文系主任徐中玉教授，以及知名作家郑逸梅、胡万春、叶永烈等。不是因为我是上海语文学会会员，更可能因为我是《青年一代》编辑，语文学会会员很多，《青年一代》是唯一，所以这次座谈会也邀请我参加了，但在"文字大家"人群中我是一名小角色。

　　那天，王教授对我格外亲切，似乎怕我被冷落、遗忘，多次跑到我面前三言二语说几句，而对那些要人、名人几乎没有表现过多的亲热。

　　王德春教授是中国修辞学会会长、《修辞学习》杂志主编,座谈会之前,他多次打电话要我在会上发言。我说:"人微言轻,不敢受命。"最后拗不过我,要我书面发言。

我的书面发言

　　《修辞学习》办得很好! 我们编辑成天和语言文字打交道,读到这本刊物自然很高兴。我每天阅读全国各地大量来稿,常感有些稿件的作者缺乏语言运用能力,需要补缺。记得古罗马早在公元前五世纪就办过修辞学校,教贵族子弟演讲术。今天我们办个刊物,指导读者提高语言运用能力是完全必要,十分及时的。

　　普及修辞知识和繁荣修辞科学并重,但应该以普及为主。我希望刊物面向知识青年,尤其是文学青年。

　　《修辞学习》栏目很丰富,但有时似觉多了些,有点零碎感。我们几个编辑,对"修辞与文学""修辞与写作""语法手段与修辞""语体"等栏目都很喜欢。"中学修辞教学"栏目会受到语文教师的欢迎。"语言美"栏目也很好,要长期办下去,因为修辞学是研究语言的修饰的,经过修饰的语言能给人以美的享受。

　　如人力物力允许,我认为改为双月刊更符合人意,我盼望着,我们这儿的青年编辑也盼望着。

　　后来,《语文教学研究》杂志 1983 年第二期设置"中国修辞学会华东分会专栏",报道了这次座谈会盛况,南社社员、掌故作家郑逸梅和笔者两人的"书面发言"也刊登在这期杂志上。我沾了《青年一代》的光。

矿山一日

主编老夏强调"要了解青年、熟悉青年、掌握青年的动向,摸准青年的思想。"

他说到做到,以身作则,带我去南京梅山铁矿体验生活,组织稿件。这是我进《青年一代》不久第一次出差。

矿山一日,活动见下:

梅山铁矿位于金陵古城南面杨子江畔。在这里有我社下放干部,我们一到,就受到他们热情招待,住宿吃饭安排妥当后,便向我俩介绍矿山情况,领我俩看梅山全貌。

说也奇怪,一位干部下放铁矿多年,没有下过矿井,只听说有人有"恐高症",没听说有人有"恐低症",可能他害怕危险,不敢下井。"初生牛犊不怕虎",我和老夏一到矿山就想下井瞧瞧。这位同志把我俩送到井口,让我俩走进"罐笼",他向开"罐笼"的姑娘交待两句就走了。罐笼四周护栏有半人高,面积大约能容纳二十多人。罐笼由一位漂亮姑娘操作,叮铃一声,罐笼下行,耳畔风声呼啸,只见罐笼在四面石壁中间一直向下,不一会儿就到底,停在200米深处。

走出罐笼,巷道被灯光照得雪亮。巷道高约2米,宽能开一辆面包车。四周是毫无缝隙的石壁，脚下是毫无缝隙的石路，石路平整没有高低，当然不像家里铺地瓷砖那样光滑，很粗糙。空气流通，无窒息感。在冰冷的大石壁中走了一段没有色彩的路，神秘莫测，与地面上完全是两个不同世界，有一种说不清道不明的怪怪感觉。拐弯前行，渐渐听到远处有轰鸣声，原来矿工在采煤。我们远远望去，只见那里水气尘土中矿工身穿雨衣，头戴安全帽，手里端着风钻，顶着矿石发出"得得得"的噪声。啊！多么艰苦的劳动，我的心中不由得高呼伟大的矿工！

回到地面开座谈会，参加座谈会的 21 位青年全部是团支部书记，男青年只有三四位，姑娘占绝大多数，姑娘不会下井采矿，怎么有这么多女团支部书记？有疑未问。不记得有男青年发言，几乎都是拖着两条辫子的姑娘一个一个抢着说，她们拉拉辫子，指指衣裳，说不愿拖辫子，穿没色彩的衣裳，也想打扮得漂亮些。是环境不允许她们打扮，还是领导不允许她们打扮，我们没有问，但感觉到她们对陈旧的穿着打扮有不满情绪。她们强烈反映青年矿工找不到对象，说单身矿工下工后无聊，聚在宿舍里抽烟闲聊，抽下的烟蒂，一畚箕一畚箕往外倒。矿工劳动艰苦，生活单调，她们要《青年一代》多多关心矿工生活，不能遗忘他们。

临行前，我们约了一位同志写稿，来稿《在地下 200 米深处》登在《青年一代》1980 年第二期上。

喜获四篇大稿

坐在驶往北京的列车上，车轮喀噔喀噔不停地滚动，我的大脑也在不停地思考，去哪里组稿，能否找到写稿人，能否约到好稿，心中毫无把握。但是，我要努力，不能空手回去。

车抵北京，下车，出站，先找一家招待所住下。

第二天上午，我乘车去复兴路，跑到国家海洋局找肖卓能，老肖是李谷一爱人，我曾在李谷一家中吃过饭，与他相识，谈得默契，还有过书信往来。我向老肖说明来意，问海洋有什么内容可写。他和杨金森同志接待我，他们热情相告，说大海蓝天，可写的东西很多，于是滔滔不绝地说海洋：

地球上有三亿六千多万平方公里的面积是海洋，占地球表面总面积五亿一千万平方公里的71％。（过去我听人描绘地球是三山六水一分田）我国有一万八千多公里大陆海洋线，有众多优良的港湾。渤海、南海、东海、珠江口、北部湾、莺歌海有六大含油气盆地。海洋中有储量极大的潮汐、波浪、海流和温差能，可以发展海洋能源发电工业。海洋深处蕴藏着亿万吨金属结核，可以提炼大量的锰、铜、镍、钴等金属……海洋是生命的摇篮，风雨的故乡，资源的宝库，交通运输的动脉。

好！我兴奋地说："就请你们写《大海，生命的摇篮》。"

马到成功，喜获第一篇大稿。

有人写海洋，还要请人写铁路。铁路，在人们的生活中占有特别重要的位置，因为它是沟通城乡繁荣经济的纽带。《人民铁道报》为铁路改革和发展提供舆论支持，我想好了请人写中国铁路的过去、今天、明天，心中有了底，就直奔《人民铁道报》组稿。铁道报记者于文香熟知《青年一代》，乐意为我们写《大动脉在跳动》。（注：文章发表时，署名"一丁"）

真开心！喜获第二篇大稿。

接着跑地质部，三次找不到"门"，空跑无望，只好作罢。

改革开放以来，出现了一股出国留学潮。《光明日报》坚持以教、科、文、理为重点出版方向，他们一定知道我国留学生状况，我怀着希望跑《光明日报》，打听到女记者唐旬掌握这方面情况，于是找唐旬，她简要向我说："这几年我国陆续向国外派出留学人员一万八千多人，他们中有教师、研究生、大学本科生，也有自学成才的农村青年和电视大学的优秀学员。我国留学生散布在世界六十多个国家和地区，绝大多数学习自然科学和应用科学，也有一部分学习社会科学和外国语——"她还说了一些生动有趣的故事。已近中午，她留我在他们的食堂里午餐。午餐中，她想好了文章题目《中国留学生在国外》，问我好不好。

好！喜获第三篇大稿。

正准备离京回沪，在招待所与上海文艺出版社陈学娅不期而遇，她要去郑州公出。想到黄河治理委员会在郑州，何不同行，再组一篇治理黄河的稿子。

到郑州,她去办事,我去组稿。黄河治理委员会的领导、秘书及"笔杆子"有六位同志接待我,足见他们对写此稿的重视。在那里,我听到他们介绍黄河:

黄河横越青海、四川、甘肃、宁夏、内蒙古、山西、陕西、河南、山东9个省区,历程5464万公里。进入黄河下游的泥沙,平均每年总量达16亿吨,如果用载重四吨卡车运送,需要每天110万辆次才能运走;如果把这些泥沙堆成高一米宽的土墙,可以围绕地球赤道27圈。

听完介绍,又研究怎样写,经过一番讨论,决定分三部分写:中华民族的摇篮;从前黄河是"黄祸";古老的黄河跨入新时代。总题目定为《黄河——奔腾的巨龙》。

不虚此行,喜获第四篇大稿。

我的这次组稿划上了句号。当晚,河南青年老总请我和陈学娅在国际饭店吃蟹,不料3个河南男子汉2个不敢吃蟹,真叫我们上海人搞勿懂。

第二天,接待陈学娅的单位派吉普车送我们游览少林寺,看到四五个男青年簇拥相声演员姜昆合影。而后,又送我们去黄河边,看混浊的黄河水,看美丽的黄河母子塑像,看跨越黄河的铁路大桥——一张一弛,别有一番生活况味。

四篇大稿,后来陆续发表在《青年一代》1984年第一、二、三期上。

跑进三军大院组稿

这次去北京组稿，要跑海、陆、空三军大院。

一

我们发表过海军战士长期生活、守卫在只有 0.24 平方公里面积的"巴掌岛"上，也发表过雷达兵常年战斗在 5012 高原、人称"世界屋脊"上。后一篇文章是空军欧阳如华写的，还是先跑空军大院，去政治部找的他。

欧阳放下手中工作，热情接待我。我们开始无主题变奏，慢慢转到约稿上，他聊到空军的几个"最早"：最早研制飞机和最早上天的人；最早一支航空队的创始人；最早的航空训练班；最早的航空学校；最早击落敌机的人；最早飞越天险的人。而后说："那些创造中国空军的人士，大多数是青年人。"我们异口同声确定了题目：《中国空军之最》。

他很忙，是放下手中工作接待我的，不便久留，告别分手。

二

有了空军稿,还要有海军稿,接着跑海军大院。十年前,海军黄彩虹在上海时曾和我合作发表过文章,说合作并未见过面,是《文汇报》编辑把我们三人(还有一人是复旦大学学员高慎盈)的稿件编辑成一篇《读书要有"三股劲"》发表的,文末注明三人单位和姓名。这次见面,也算以文会友。自我介绍、说明来意后,他感到意外,但很高兴,还说"有缘相见"。他和沈顺根同志陪我去食堂吃饭,饭后要我午睡,醒来开车陪我游览长安街。这次约到黄彩虹写《看钟的年轻人》,沈顺根写《出入龙宫的勇士》:

"深潜器徐徐下潜,在出入龙宫的小车面前海水变幻着,由淡蓝变成深蓝、墨蓝、乌黑,最后什么也看不到了。顿时海底的聚光灯打开了,他伸手可以摸到海水,像一块蓝色玻璃,小鱼游来游去,就是进不到舱内来。他决心再下潜 5 米,两脚落到海底,哄地一声'火星'四溅,他自豪地在淤泥里走着,脚下像节日放的焰火。地中海第一次印上了中华男儿的足迹。"

空军稿、海军稿有了,接下来跑总后大院组稿。

三

总后有三支笔杆子:《春风野火斗古城》的作家李英儒、诗人顾工、散文高手穆静。顾工、穆静是解放军大校,我曾经当过兵,与军人有共同语言,交谈甚欢。

他们都住在总后大院内,请我食堂吃饭,顾工还叫他的儿子顾城一起来吃饭,认识我,要为《青年一代》写诗,我们不刊登诗歌作品,使腼腆的小顾城失望。

我与他们一见如故,顾工送我他的著作《疯人院的男男女女》,扉页上谦虚地写"吉传仁笔友惠正"。穆静送我《永存的微笑》,扉页上也谦虚地写"敬请吉编辑指正"。

别后不久,顾工寄来《草原靶场上的工程师》,穆静寄来《中西医结合的首创人》、《谨防溺爱综合征》及《一个华裔的传奇故事》等多篇文章。

四

还有时间,跑解放军报社拜访刘革文,我曾在军报发表过《话说生活上的低标准》(见 1980 年 12 月 31 日),与他交上了朋友。他给本刊写杂谈,思想性很强,有《要有优美的谈吐》、《创造一个美好的环境》、《相互信赖与人为善》、《在遭受人身诽谤的时候》等等,署名"杨柳榭"。"杨柳榭",是三人各取一姓的写作小组,"柳"即刘革文。

多年过去了,忘不了这些战友当年对《青年一代》的关爱和支持,我深深地怀念他们。

在杜聿明府上的意外收获

经人介绍,我认识了高干女儿王月,在她家,我了解到原国民党高级将领杜聿明先生也住在这幢大楼里。1981 年 5 月某日,我去闯杜府,想拜访杜老。

我上楼敲开了杜府的门,开门的是一位瘦弱个矮的老夫人。

"我是《青年一代》记者,想拜望杜老。"

"他过去了。"

"过去了?"我不敢冒失,问:"到什么地方去了?"

"前天他去世了。"还说:"邓大姐下午要来。"

听说话口气,断定她是杜老夫人。我听说过杜老夫人曹秀清"大闹总统府":1949 年 1 月,淮海战场上杜聿明被俘,时值杜聿明母亲七十大寿,主持寿宴的曹秀清却不见影子,她赶到南京总统府,要求见蒋介石。老蒋不肯见,她在总统府大吵大闹,说她丈夫患过肾结核,割掉一只肾,路都走不动,还要他突围,这不是要他的命是什么? 当日,南京的报纸首版大标题赫然写着《杜将军淮海成俘,曹夫人南京问罪》。我见杜老夫人面容憔悴,正在悲痛之中,不便打扰,留下一句"过两天再来拜望您老",便离开了。

第二次再闯杜府,杜老夫人把我让进屋,引到客厅。客厅陈设很简单,有一套沙发,一只大彩电,茶几上放着一部电话。墙上悬挂着一帧毛主席接见杨振宁博士的彩色大照片。沙发上坐着一位中年男子,见我进来,起身招呼。说话时,一位女士戴着一副黑色乳胶手套从厨房里走出来,中年男子向我介绍她是杜老的女儿杜致礼。短暂间,我发现中年男子是杜府的常客,和杜府一家人很熟。坐定后,我向他们说明来意。

"你来得不巧,博士有事去日本了,过几天才能回北京。"杜致礼说。

我又失望了!

于是,我和中年男子交谈起来,他叫黄济人,熟悉许多原国民党高级将领并写过多篇报告文学、长篇小说,我读过他的《将军决战岂止在战场》。黄济人有很高的知名度,今日幸遇,我抓住这一难得机会,介绍《青年一代》,向他约稿。他欣然答允,不过他正在写"杜聿明传",抽不出时间为我们撰文,他把写沈醉的一卷书稿给我,约四五万字,要我看看是否可用?我回沪后,立即整理出一篇《沈醉香港去来》,刊登在《青年一代》1981 年第五期上。

他见刊后,来信感谢我,并谦虚地说道:"拙稿原本散沙一盘,仓促之中,冒昧将满纸龌龊和盘托出,至今引为不安! 承蒙传仁同志亲手裁夺,竭力尽心,一篇短文,文题相符,丝丝入扣,这篇近乎传仁同志撰写之文章,现在款上了我的名字,受惠者感激之情,不言而喻。"

奔忙一天约三稿

我们曾经发表过著名作家韦君宜的大作，读者很爱读。这次赴京组稿已是最后一天，我要抓紧时间拜访韦老，请她再为我们写篇文章。我怕她早出，八点半钟就走进她家四合院，韦老提着包正要出门，我站在她面前，进退两难，心想既然来了就要有收获，硬着头皮说明来意。韦老未打格愣，爽快答应了。她曾是《中国青年》总编辑，毋庸我多言，自然知道当前给青年写些什么。果然，她针对当前青年人婚礼讲排场，写了一篇《婚礼谈往》，刊登在《青年一代》1981第五期上。

同日下午，我直奔中南海，请传达室帮我通报，见到了上海南汇老乡杨明和一位青年，我开门见山对他们说："青年读者很想知道中南海的青年人，想请你们写篇文章满足他们要求。"他们闻言，表示支持，问我写什么，怎么写，要写多少字。我生怕影响他们工作，快言快语说些要求，便离开了。他们守信，寄来《中南海的年轻人》，与上面一篇文章同期刊出。

还有时间，我直奔垂杨柳劲松区找到刘心武的家，不巧他出去了，未见此人，只好向他夫人说明身份来意，留下名片，当晚离京返沪。回到上海不到一周，接到刘心武来信，他说："您来我家时,我恰好出去了,回来已是深夜,所以无法与您通电话,请原谅!您刊所约文章,目前我无暇撰写。我刚从日本访问回来,先得写些长长短短的访日随笔,以免印象淡忘。"当我感到失望时,不料他却寄来《夜东京》,让我们发表在《青年一代》1982年第二期上。

因为《青年一代》发行量大,读者爱看,在社会上享有美誉,我们编辑出去约稿也能左右逢源。

拜托记者代劳

迈进当年任最高人民检察院副检察长的郗占元的客厅，一眼就看到陈设着的几个书橱里整整齐齐放满了马恩列斯毛的著作及各类书籍。我感觉走进了书香人家！

接待我的是郗老的大女儿晓岚。她生于解放战争最艰苦的年代，一条腿残了，行走不便。她只念过初中，但能坚持自学，在北京的一些报刊上发表过多篇散文、小说。

晓岚有三个弟弟、一个妹妹，都学有所成，三个弟弟都懂外语。她的弟妹除专业外，还爱好文学、地理、历史、政治、音乐等等。一家有这么多优秀青年不多见，不由得引起我敬羡，一定要拿出版面报道检察长的儿女。可是，我每次赴京组稿都是来去匆匆，没有更多时间采访、写稿。怎么办？我会拜托北京记者代劳。我向晓岚说明情况，得到她同意后，便直奔《北京晚报》，找到记者韩天雨，老韩知我求助，一口答允。一炮打响，十分高兴。

随即奔赴三里屯和平里，找到指挥家李德伦的住所。李夫人接待我，说德伦因事去了武汉，过几天才能回京。我很失望，岂能白跑，便向李夫人表明身份、来意。李夫人客气、有礼，把我让进屋，请坐，送茶，请我说说要求。我便说了一些想法，告诉李夫人我不能在京多留，等李先生归来，想请报社记者代劳，不知可否？李夫人说"好"。从李府出来，便去《光明日报》找韩嗣仪，他打趣道："乐意为《青年一代》服务！"我感谢理解，说了几句感激话，便匆匆告别。

得到二"韩"帮助，使我顺利约到两稿。

不久，先后收到《检察长的儿女》、《致力于交响乐的普及——访著名指挥家李德伦》，读后甚合心意，于是两篇大作同时发表在《青年一代》1981 年第五期上。

结束此文时，还想唠叨几句。

领导为编辑提供工作方便，名片上印着"《青年一代》编辑、记者"，既能以编辑身份组稿，又能以记者身份采访。同时，也是希望编辑既能编又能写，"文武双全"。如果懒动笔，不动笔，那就辜负了领导要求和寄望，算不上称职好编辑。

编辑组稿，常常发现好题材，没人写。这时需要编辑动手，才能"丰衣足食"。编辑没空，只好请人代劳，上述两篇文章就是在此情况下，请二位"韩"姓记者帮的忙。我认为，确定了对象，托人代劳，最好找记者，因为记者有采访经验，有写作能力，但所托记者必须守信可靠。否则，托人落空，换人采访，多数要"吃闭门羹"。

拥有作者

从事《青年一代》编辑工作二三年后,市出版局"书刊青年编辑培训班"要我向学员谈谈"如何做作者工作"。讲完课,《上海出版工作》一位编辑跑到我们编辑部要我把"体会"整理成文字,后来1982年这篇《谈谈我做作者工作的一些体会》刊登在他们的刊物第五期上。旧文内容如下:

办刊、出书,要依靠作者。作者是编辑的"衣食父母"。我在不长的编辑工作中深深地体会到:要出好文章,提高刊物质量,编辑部没有一支作者队伍不行。下面,谈谈我是怎样做作者工作、逐步建立起作者队伍的。

物色

物色作者,是编辑工作的首要任务。我在组稿、看稿和同志交往中,处处做物色作者的有心人,归纳起来有这样几种方法:

一、选好题,就地找。前年,我调到《青年一代》编辑部工作,接受的第一件任务就是去组织两篇关于恋爱婚姻的文章。我从市妇联和市人民法院民事法庭得到了线索,先后从上海芭蕾舞团和虹口区人民法院找到了正反两方面典型,并在这两个单位找了两位作者。这两位同志虽然不善于写文章,但他们"土生土长",

情况熟悉,有写作的积极性,几经研究,几番易稿,终于写出了《甜蜜的爱情,幸福的生活——介绍上海芭蕾舞团演员的爱情生活》和《他们为什么要离婚》这两篇颇受读者欢迎的好文章。

二、从来信来稿中发现。《致马路求爱者的一封信》,是一篇自投稿;《我的遭遇》,是读者的一封来信,他们各自提出了一个值得注意的问题。为了弄清真相,了解作者,我约他们面谈,相互交流了看法,使稿件的内容得到充实。《我的遭遇》一文发表后,引起了社会各界人士对作者林静的关注,编辑部收到全国各地一二千封来信。该文所以引起读者强烈的反响,是因为作者反映的情况真实、感人。重视这类作者,有助于编辑接触实际,了解生活。

三、巧遇不放。一次在去闵行的公共汽车上,有位外地女青年知道我是《青年一代》杂志的编辑,便主动和我交谈起来,她知识广博,很有见地。以后,我和她书信往来,她为我们写出处女作《选择要实际》,并说:"如果有一天我真能在文学上迈开步,那么这勇气是您给我的。"一年后,我们去北京组稿,她到火车站热情欢迎我们,为我们工作提供了方便。还有一次,我到杜聿明家中访问杨振宁博士,遇上了《时代报告》杂志的黄济人同志,谈话间获悉他熟悉许多原国民党高级将领,并写过不少文章,我抓住这一难得机缘,向他介绍《青年一代》的特点和要求,请他写稿。他欣然答允了。不到半个月,就给我寄来了《沈醉香港去来》。

四、交好一个,认识一批。一个一个物色作者,毕竟费时费力,请人辗转介绍,可以广泛结交文友,此法特别适用于到外地发展作者。去年5月,我去北京组稿,通过《人才》杂志郭晨,拜访了韦君宜同志,又通过韦君宜指点,认识了田家英同志的爱人董边及其女儿,再通过董边介绍,与田家英原秘书逄先知相识,后来又通过郭晨与朱仲丽取得了联系,他们陆续给我寄来了稿件。年底,我去成都、昆明组稿,也用这种方法发展作者,取得了同样效果。现在,我在这三个地区都有一批作者,他们常常给我来信来稿。

五、确定对象,特约采访。我在北京了解到最高人民检察院副院长郄占元的五个儿女表现都很好,得到郄家同意后,请《北京晚报》韩天雨去采访;指挥家李德伦已列入选题报道,不巧他去武汉讲学了,我征得他爱人同意后,请《光明日报》韩嗣仪待李德伦回京后去采访——他们都如期给我寄来了稿件,而且都刊用了。原先,我与韩天雨、韩嗣仪均不相识,通过这次交往,又增加了两位作者。有些作者,由于自己经历浅,生活圈子小,在"我写我"方面可以写出一篇好文章来,但还不能转出来写其他人和事。对于这样的作者,要联系、扶持,丢掉他们是编辑工作中的一个大忌。支持

我结识的作者中有这样几种类型:有的善写言论,有的善写报告文学,有的善写诗歌小说。这些作者熟悉的对象也不同,有熟悉工人的,有熟悉学生的,有熟悉文化艺术界的——不能强人所难,要他们写自己不熟悉的和力不能及的文章。否则,稿件来了,用不行,退不好,容易挫伤他们的积极性。此外,能组织到新作者写的,不找老作者,避免刊物上经常出现"老面孔"。但是,难度大,要求急的文章,只得请老作者出场,如《和男青年谈谈两性道德》、《上海城市垃圾清运记》等。这些作者招之能来,来之能写,写出能用,很少出废品。

　　要使作者支持编辑，编辑应该努力为作者服务，主要表现在认真处理稿件上。上文提到的那篇《沈醉香港去来》一文，来稿有数万字，也不是现在这个标题。后来，经过编辑加工处理，只用了三四千字。文章发表后，作者来信表示满意，说：他的稿子"原本散沙一盘"，经过编辑处理后，变得"文题相符，丝丝入扣"等等。至于青年作者的文章，加工量更大，来信感激之情更为常见。编辑与作者建立了感情之后，作者就更能支持编辑了。

联系

　　我年过半百，经常和青年打交道，得到青年同志们的信任，使他们愿意和我说心里话，主要是以诚相见，热情待人。我和许多青年建立了"忘年交"，他们和我保持着书信往来，1980 年第六期上刊登的《李谷一致〈青年一代〉的信》，是李谷一同志给我的信；1981 年第二期上刊登的《我推翻了"一诺千金"的做法对吗？》一文，是我从一位女青年给我的信中摘编出来的；还有《不要给大姑娘以压力》《我有这样一个妹夫》等文章，都是青年和我倾心交谈之后请他们写出来的。

　　值得一提的，还有一篇调查报告《当前青年人对婚礼的看法》，是我根据 91 位青年提供的看法整理而成的。这是一篇没有出门调查的调查报告，报告中的绝大部分看法是青年同志到编辑部来亲口对我谈的，有一些是通过"函调"了解的；对象有工人、店员、科技人员、文艺工作者、解放军干部、大学生等。结识各种类型的青年，和他们常来常往，就能了解到各种思想，听到各种不同意见，尽管有一些不是作者，但是办好刊物少不了他们。

　　编辑像个削甘蔗的，把甘蔗皮削掉了，甘蔗留给别人吃，吃的人满意,会感激你。不久前,我收到一位多年未见的作者来信,他说:七十年代初期,您给我的拙作署了一个"邹年蓉"的笔名,以后我写文章就签上它,眼前涌现出那段难忘的经历,您好像一直鼓励我拿起笔——这位作者没有忘记编辑,其实编辑更少不了作者啊!

接访窗口

丽人厌恶性骚扰

三位白领丽人先后来到编辑部,向我诉说头头违背她们意愿进行性骚扰,她们又怨又恨又无可奈何。她们都在 20 岁左右,容貌姣好,身材修长,打扮时髦。问她们姓名,她们不说。问她们所在公司,她们也不说。她们隐去姓名,姑且叫她们"尹、真、名"。谈话记录如下:

尹姑娘说——

我们经理 40 多岁,已有妻室儿女。开始,他对我问寒问暖问家庭,关怀备至,我很感激,以为遇上了好领导。

慢慢地,我发现他不怀好心。一天我加班,他未走,办公室里只剩下我和他,他用言语挑逗我,说一些淫秽的话,我觉得不是味道,于是把话题岔开谈工作,可他一会儿又把淫秽的话扯回来。我无奈,假装给妈妈打电话说今晚不加班等我回家吃晚饭,使他扫了兴,排除了他的邪念。

再一次,大家拿了红包,单位组织看电影,他坐在我邻位。电影放映不久,他竟胆大妄为把一只手伸到我的大腿上来,我推开他的手,他又伸过来,我再推开他的手,他却一把抓住我的手,捏紧不放。我越挣,他捏得越紧,还斜过头来狰狞地望望我。我急中生智,轻声说"我要去盥洗室",他才把手松开。电影自然看不成了。

编辑先生,头头怎么能这样对待下属?!

真姑娘说——

我进公司是总经理助理亲自挑选的,他说我漂亮,讨人喜欢。

我是秘书,直接受他管。他总是色迷迷地喜欢往女人堆里钻,背地里人们都叫他"花经理"。我在工作时,他经常过来"关心"我,指指点点,说些不着边际的话。无人时,他就偷偷对我说"你真迷人","我真喜欢你"。一次我正在操作电脑,他又走过来弯下腰低着头看显示屏,不料他看了一会儿趁机在我面颊上亲了一下,还说"你真可爱"。

去年圣诞节公司举办舞会,他一直盯着我跳舞,他是我顶头上司,我难拒绝。更使我恼恨的是我不喜欢他和我跳舞时紧紧握住我的手,搂住我的腰,面孔有意无意地碰我一下,我不愿再多呆一分钟,飞快地逃了出来。

他见我默默承受,胆子渐渐大起来,办公室无人时经常动手动脚。他有个年轻妻子,结婚才一年多就这样不正经,我真弄勿懂!

名姑娘说——

我们部门经理素质很差,常常在无人时拉我的耳朵,刮我的鼻子,捏我的手。有一天我穿裙服,他竟伸手拉出我领子里的项链看挂件,这不是"精神揩油"是什么?

有一次,他叫我到他办公室取文件,文件取好后我转身离开,还未走出办公室门,他忽然从后面抱住我,两手按在我胸脯上,我掰开他的手，恼怒地说："经理，你怎能这样?"他却嘻皮笑脸地说："我喜欢你。""喜欢也不能这样!""你不要太封建嘛!"我封建? 真是胡说八道。

　　三位白领丽人在向我诉说时，我从她们的表情上看到她们是多么厌恶这些不正派的头头。怎么不公开揭露这些丑恶行径呢? 她们不敢。怎么不离开这个公司呢? 她们说因为有较高的薪水，她们不想离开。对于性骚扰，她们很厌恶，很无奈，于是跑到编辑部来，希望我们写文章教训教训这些无耻之徒。我满足了她们的要求，也警告那些头头该收敛了，让姑娘们安安心心工作。

一个失落爱情的女人

一个不满 30 岁、忧郁彷徨的女人，走进编辑部，她说自己曾经步入迷途，而当她迷途知返时，已寻不回失落的爱。谈话内容记录于下——

女人：我有一个好丈夫，还有一个上幼儿园的可爱儿子，曾有过一个温馨、幸福的家，可现在失去了。

我丈夫原是个科技人员，他学有专长，在科研工作中出过成果、有过贡献，但收入较低，生活很清苦。在商品经济大潮冲击下，他辞职下了"海"。这几年，他经商做买卖发了财，买了房子，添了新式家具，家用电器应有尽有，穿衣吃饭不愁了。

可是，他整日整夜忙，早出夜归，满脑子盘算着赚钱赚钱赚钱，昔日的儿女情长没有了，我感到孤独、寂寞。生活可以是酸的，也可以是咸的，但不能是没有味的，我受不了没有"味"的生活。在感情上我对他要求很多，可得不到"回应"，这时我迷恋上了一个……（编辑：说到这里，她哽咽了，眼泪夺眶而出，好久说不下去。）

女人：谁知那人是个玩弄感情的骗子，和我玩了场感情游戏，骗去我数千元后，他又爱上了一个比我年轻的女子。我错了，对不起丈夫,我在丈夫面前哭诉、忏悔,实指望丈夫会原谅我、宽容我,然而我丈夫铁石心肠,不原谅我,和我离了婚。

(编辑:她又哭了,哭得很伤心,是悔不该"别恋",还是悔不该将"别恋"告诉丈夫?)

女人:——他在我的父母和姐姐姐夫面前说,要找一个比我更好的女人给我看,决不要我这个败坏道德的女人。你说,难道女人有过一次生活中的错误就道德败坏了吗?

(编辑:我不这么看,要具体分析。)

女人:我不认为自己道德败坏,丈夫的几位要好朋友也这么认为。他们对我很了解,说我良心好,很单纯,太重感情。他的朋友多次劝他原谅我,和我复婚,重建这个破碎的家庭,一定会获得幸福。他根本听不进去,说:"复婚,岂不被人家耻笑死啊!"唉!复婚的希望已彻底破灭了。

(编辑:我默然,内心深处同情这个悔恨的女人。)

女人:这事如果发生在男人身上,女人多数能原谅,可是发生在我们女人身上,男人就难以原谅了,这是什么道理?

(编辑:她抬起头,含泪望着我,盼望我能给她答复。可我一时说不清楚男人的心态,是不是有数千年留下的"男权主义"原因? 她等了一会没有结果,带着遗憾走了,却给我留下一个生活中的问号。)

接待一位特殊青年

在编辑部我接待过许许多多来访的青年,可还没接待过这样一位特殊青年。

那天天气阴沉,下着小雨,快下班时,传达室老林打来电话:"喂!有位青年要找编辑,请你下来接待一下。"我草草整理好桌上稿件,拎起包匆匆下楼,因为我6点钟要去黄浦区图书馆办点事。

一进传达室,老林告诉我是这位青年找编辑。那青年慢腾腾站起来,不等我发问,他便说:"编辑同志,这是我送给你们的一点酬劳。"说着,递过来一包东西。

我未接。酬劳?什么酬劳?编辑部为他办过什么事?一连几个问号从我脑子里跳出来。

或许他看出了我的困惑,忙说:"这是3000块钱,编辑同志辛苦了,是我慰问你们的。"

"酬劳"?"慰问"?弄得我丈二和尚摸不着头脑。

"你有事要我们帮忙?"我问。

"没有。"

"我不信。"

"确实没有。"

"我们不会收你的钱。"

"你不收我不走。"他态度坚决。

"你不走我也不会收。"

"送钱给你们也不要?"他觉得奇怪。

下班铃响了,我想快点打发他走,因为我还有事。可是他不走,缠住我:"不用怕,这钱是我的积蓄,来路光明,你放心收下,又不要你们出收据给我。"

他为啥一定要我们收他的钱?我脑子复杂起来,这年头什么事都会发生,不要叫我们吃药哟!于是我前话重提:"你肯定有事要我们帮忙,如果可以帮助,我们一定尽力,但是你要说清楚。"

"你们帮不了我。"说完,他默默不语,低下了头。

这时,我打量了他一下,约莫 30 岁,穿一身灰不溜秋的旧衣旧裤,面色苍白,两眼深凹,给我的印象是个老实工人,不像狡诈之徒,更不像精神病患者。还是我打破了沉寂:"这钱是你一点一点积蓄起来的,也不容易,我看你比我们更需用钱,我们编辑不缺这点钱——"我说得很真诚,也很动情。

兴许他的心被我的话打动了,凄楚地说出他的一段家事:"我和 82 岁老外婆住在一个 6 平方米的房子里,阴暗潮湿不说,房门口还有一只公用自来水龙头和四户人家的煤球炉,烟熏火燎,夏天热得像蹲在蒸笼里。我父母早死了,是老外婆把我养大的,小学读完进了一家无线电小厂当工人。工作苦些累些没什么,可是每天挤在 6 平方米的房子里怎能休息好,实在难以忍受。晚上,老外婆睡床,我就用一块木板打地铺,已经十多年了。有一次我高烧发到 40 度，也只好躺在地上睡了一个多星期——"说着说着，眼眶红了，他用手背擦了一下挂在眼角上的泪水，继续说："我们厂小又亏损，有时连老外婆看病的医药费也报销不出来，哪有能力帮助职工解决住房困难？我跑过街道、房管所，他们说像我这样的困难户还有千千万，是要解决的，但现在手里没有房子也没有办法。"

哦！原来他要我们帮助他解决住房困难，真是找错了庙。

"不瞒你说，我今年 31 岁，好心同事看我年纪不小，也替我介绍过几个女朋友，都因我没有房子吹了。"

我憋不住说了："我同情你，但我们不能帮你解决住房困难，爱莫能助。"

他晃了晃捏在手中的一包钱，终于说出了他此行的目的：这钱是准备结婚用的，可是现在用不着了！我看了好几年《青年一代》，觉得你们关心青年人，所以我把这点钱送给你们。送给你们后我就不回家了，后事我想政府会料理的。"

我大吃一惊，神经一下子绷紧起来：坏了！今天遇到了麻烦，非但不能收他的钱，而且还不能让他就走，我要拖住他，做通他的思想工作。

我说："你现在的处境我很同情，但我很不赞成你的这个念头。我比你年长，经历过许多苦难，克服过许多困难，始终对未来抱有希望。三年自然灾害时有人很悲观，说什么'想吃桂圆、花生米要到博物馆里去找了'。我不这想，劝他们把眼光看得远一些……"

他突然打断我的话："远到什么时候？"显然他问的是什么时

候解决他的住房困难。

我惘然，但还是说："不会太远——为了住房困难走绝路，值得吗？人的生命只有一次，应该十二万分珍惜，我恨不能把一天当两天过，延长一倍寿命，可你却想早早摧毁自己年轻的生命，太不应该了！"

"谁会活得好好的想死呀！"

"碰到了困难就想死？上海有千千万住房困难的人谁走过绝路？我劝你还是要看到光明，曙光会照到你的头上。生活的苦难并不可怕，可怕的是在苦难中消沉、绝望！"

他不再说下去了，却把低着的头抬了起来，一双深陷的眼睛盯着我看了好久。这时传达室大钟重重敲了6下，他站起身，不好意思地说："对不起，影响你休息了。"

我跟着也起身，问他："外面下着雨，你没带伞，家住哪里？"

"住在成都路上，近威海路。"

"很巧，我正要去那个方向，一起走吧。"

我撑开伞护着他，一路上我又说了很多，他总是回答一个"嗯"字。渐渐地，我发现他的情绪比来访时好多了，我们在成都路延安路口分手的时候，他真诚地问我："我以后来看你，你不嫌弃我吧？"

"哪会呢！青年人都是我的朋友。"

他说他以后会来看我，我放心了。

或许他有自卑感，以后没来看过我，可我却一直惦记着他。

这故事发生在改革开放初期，如今的上海城市建设正在日新月异地发生着变化，千万座危旧房屋不见了，一幢幢高楼大厦拔地而起,无数住房困难户得到了改善。从前成都路两旁居民房和那幢高高的黄浦区图书馆因造成都路高架也拆除了。很久前的一天我从报上看到:成都路高架工程动迁居民 1.8 万户,共需动迁用房 122 万平方米,到 1994 年底政府已把全部 52 幢新房交付动迁户使用。见了这条消息,我欣喜地感觉到这位青年一定搬进了新房,说不定已结了婚,有了一个美满的小家庭。

收到一封求救信

一天，我收到远方一位姑娘来信。这位姑娘的姐姐爱上了有妇之夫，他们难舍难分。姑娘可怜姐姐，又恨姐姐，对姐姐这种错误行为却没有办法。全信内容是这样写的——

我有个酷爱文学的姐姐，她爱上了一个有妇之夫。

记得去年夏天，有一个陌生人来到我家，说是给我姐姐送小说来的。从言谈举止中，我发现这就是我姐姐常常谈到的那个人。他长得并不好看，没有一点知识分子气质和风度。我愕然了，这就是姐姐的意中人么？作为妹妹，我不反对姐姐婚事。我理解姐姐，她是个深沉的姑娘，而且不那么容易动感情。然而，我又鄙视她，我觉得姐姐违反常规，做了伤天害理的事。是的，有好多英俊的小伙子追求过她，她都不要，偏偏爱上了比她大十多岁的、有着妻女的丑男人，我为她叹息、担忧。

以后，姐姐给我看了他们的日记，足足有十本之多。每一本，每一页，每一行，都充满着他们深深的爱恋之情。"恨不相逢未嫁时"，他们相爱却不能成为眷属，各自伤悲。

他们的爱是非法的，姐姐几次想以死来断绝与他挣不断的情丝，可都不成。每天，姐姐学习得很晚，临睡前，总是呆呆地坐上好一会儿才上床。我常见她泪水充溢了眼眶。姐姐告诉我,她的朋友几次想与他的妻子离婚,都被她阻止了。她在日记中写道:"待到来生了寸心"。我可怜起他们来了。"来生"? 那是幻想,是自欺欺人。难道让姐姐这一生岁月在精神与肉体的分裂中度过?! 我可怜姐姐,又恨姐姐,对姐姐这种错爱没有办法。

我也问过姐姐,你爱人家有妇之夫什么? 姐姐说:"我们感情一致,爱好相同,想在共同的道路上携手前进,在今后艰难曲折的创作道路上相互搀扶着、支持着走下去。"谁支持他们? 谁答应他们了? 我骂姐姐:"你好糊涂啊!"但是姐姐执迷不悟。

我知道,姐姐朋友的妻子是个纺织女工,年轻美丽,泼辣爱财,他不爱,为什么? 因为妻子不支持他搞文学,还常常把他的书扔到院子里。晚上,不准他看书写文章,扯着他去睡觉。在骄横的妻子面前他毫无办法,只有在夜深人静的时候偷偷掉泪。他是机关干部,要搞创作没有时间。白天忙工作,下班回家,一切活计全落在他身上,洗衣、做饭、带孩子——他常想,事业何时成功? 的确,他爱好文学,思维能力特别强。他写小说,写戏评、影评、书评,在别人面前能说会道,可是对自己的妻子却毫无办法。姐姐想把他从这个家庭里拉出来,可是拉不出来呀,道义不在姐姐一边。

他们见面机会不多,为的是怕引起是非,张扬出去,成不了事,反而会弄得身败名裂。但是,他俩还是偷偷地交换日记本,匆匆地说几句话,匆匆地离开……

姐姐让我看过他俩爱读的中篇小说《初恋的回声》。小说中男主人公周冰的女朋友梅雁有了丈夫,为了梅雁的家庭,为了道德,周冰逼梅雁回到她丈夫身边去。梅雁含泪走了,却在无爱中死去了。周冰恨死了自己。姐姐作为周冰的影子,她不逼他怎么样,她只是默默地爱着他。可她又说:为了第二个"梅雁",我情愿做老姑娘,终身不嫁。

姐姐的朋友说:"我要离开妻子,到你身边来,但是社会舆论不允许,法律不允许,我只能死后和你在一起,像《孔雀东南飞》中的兰芝和仲卿一样。"

他们是这么深深地恋,无望地爱,你看该怎么办呢?请尽快给我一封回信,救救我姐姐吧!

接到此信后,我本想给姑娘去一封回信,说一些自己的看法。一提起笔,就想到目前甘当"第三者"的不乏其人,于是我决定在本刊披露这封信,让"道德法庭"来审判她姐姐——怎能允许这样爱!兴许,通过"道德法庭",不仅可以帮助这位心情焦灼的妹妹,而且可以教育她的姐姐和那个有妇之夫,以及更多的人。

说说这位"灰姑娘"

有位"灰姑娘"来找我，只见她两颊深陷，苍白的脸上，一双眼睛凹了进去。我请她坐，刚问她："你和小李怎么样了？"她就伏在桌上抽泣起来。她这是第四次来找我了。

记得两年前的一天，她第一次来找我时，向我叙述了自己的坎坷经历："我从小失去了父母之爱，父母离婚后被叔叔婶婶收为养女。养父母关系不好，三日一小吵，五日一大吵，终于离了婚。养母拉着我的手说：'阿林，你跟我过吧，我不嫁人了，咱们母女俩好好过日子。'谁知不到一年，养母匆忙嫁了人，我随养母到了新家。第三个父亲脾气更坏，经常和养母吵，还动手打她。我也成了他的出气筒。一次，他逼我把全部工资交出来，我不同意，他把我赶出家门。没办法，我住进了集体宿舍。白天，我好好劳动；晚上，我觉得很孤单，报名进了夜校。在夜校，我认识了同班同学小李，他是一个汽车司机，孤儿。我俩命运相似，很快确定了恋爱关系。一天晚上，他喝了酒，又是眼泪又是鼻涕向我诉说他父母离婚的事，他一个人孤苦伶仃的辛酸，并说如今总算有了爱他的人，给了他温暖。说罢，他就把我拉到他怀中，紧紧抱住我，要和我发生两性关系。我不肯，他才无可奈何地放了我。但是他心不死，在后来相处的日子里,又多次和我胡搅蛮缠,说什么'要是你真心爱我,不会不同意。'我说,'婚后我会对你好的。'他不信。有一次,在他的强行下,我让步了。

"小李身上有许多恶习,一天要抽一包烟,每天晚上要喝二两白干。他有一个亭子间,我每次去,屋里总是乱七八糟的,我叫他少抽烟,少喝酒,爱清洁,他不是嘻皮笑脸地解释一番,就是板起面孔不理我,再不然就和我发脾气。渐渐地,我们步了父母相吵相骂的后尘。小李说他从小没有享受过亲人的温暖,如今又受我的气。我说:'你这样下去,我们今后怎么过日子?'我经受过父母三次离婚、家庭破裂的痛苦,这种痛苦再也不能降临到我的头上了……"

我打断她的话问:"你和小李认识多久了?"

"五年。"

"五年!"我叨念着:"这时间确实不短了。你们关系已非一般,你应该吸取父母教训,耐心劝说小李改变恶习,相信他会学好。"

她凄苦地摇摇头,从皮包里翻出一张纸递给我。啊!是一张"断绝书",上面写着男方赔偿损失费 170 元。

我不解地问:"你已在断绝书上签过字了,再找我为什么呢?"

她低下头说:"我想和他重归于好。"

我犹豫了好半天,才给她出了个点子:"那么你就上门去找他,认错赔礼,或许他会对你好的。"

她听我的话,走了。

一星期后,她第二次来找我。

"……我推门进去,他发现是我,恶狠狠地把我往外推,说:'我们已断绝关系了,你找我做啥?'我说,'来看看你总可以吧。'他说:'没有必要。'他把我推到门外,反手把门锁上走了。"

"你再去找他,一次不行,找第二次、第三次,以你的真诚换取他对你的回心转意。"

她默默地点点头,带着信心去了。她第三次来找我,说小李用仇人的目光瞪着她,险些被他打。

她第四次来找我时,告诉我,小李已经结婚,有了孩子。事已如此,我只得说:"人家结婚了,你就另行选择吧。"她只是抽泣,一言不发。久久地,久久地,我觉得我能对她说的道理都说了。这时,有人来找我办件急事,我起身对她说,今天就谈到这里,有什么想不开的,还可以再来找我。

隔天,我收到她一封长信:

"昨天,因时间关系,没能把心里话讲出来,今天就在信中诉说吧。

"就在上个月,我要求领导出面帮我做调解工作时,领导向我摊牌了,小李已经结婚,小孩已有三四个月了。当时我听了几乎昏倒,我满以为他近几年不会结婚,所以一直痴心妄想地等他。听了领导的话之后,我怀着悲愤心情到他家,果然见到他有了妻子。他妻子骂我'不要脸','花痴'。小李把我往门外推,说'根本不认识你'。我气极了,他对我难道用一纸'断绝书',一笔赔偿损失费就可了结了吗? 于是我写信给区妇联,把我俩认识过程和我如何受骗上当,以及名誉受损、现在处境统统写了一遍,要求妇联保障妇女权益,给这个玩弄女性的流氓严肃处理。没几天,妇联约我去面谈，我满怀希望去了。真没想到，妇联非但不支持我，反而指责我一番，下面是妇联女干部和我的谈话——

"妇联：收到你信后，我们到他单位去过了。你早已和他断绝了关系，如今他已建立家庭，有了小孩，他们夫妻是合法的，你现在还去追求他，是非法的。你到他家去，不是存心破坏他们的家庭幸福吗？你这样做是不道德的。

"我说：我写信给妇联，不是要追求他，而是揭发他道德败坏，他为了和我断绝关系，到我家败坏我的名誉，使我受到左右邻居、亲戚朋友的耻笑，弄得我里外不是人。现在事实证明并不是我脾气不好，更不是我不正派，而是他早有新欢。

"妇联：你近 30 岁了，又不是小孩，当你被他第一次强占时，应该告他。为什么你以后还要和他有两性关系？再说，在这种事情上，你女方也有责任，不能全怪男方。和你关系断了，再谈恋爱是自由的，不能称他另有新欢。再说，你当时为什么在断绝书上签字？

"我说：当时我被他逼的，我不同意，被他逼了一夜。第二天早上，扬言我不签字，要到我厂门口去闹。女人要面子，我违心地签了字。签字后，我马上找他领导反映，请领导调查，要求和好。

"妇联：这我们不管。他已赔了你损失费，你也收了他的钱，还要怎么样？好了，他已经有了家庭，你别再纠缠他了，你告不倒他，他们夫妻是合法的，难道叫他离婚，和你结婚不成。

"我一再向妇联干部解释，给他们写信的目的是请妇联伸张正义，谴责这个玩弄女性的流氓。

"妇联：好了，别说了，跟你是讲不清楚的。如果你以后结婚了，他到你家来吵，你怎么样？关键是谁叫你受骗的，你自己去想想吧！

"当我受气离开妇联时，这个女干部又把我叫回去命令我：'今后谈朋友，婚前要跟人家讲清楚这段经历，否则你是得不到幸福的。'

"天哪，我是个有罪的人了，我气得浑身发抖，说话都打哆嗦。

"我总以为妇联能替我说话，替我伸冤，想不到妇联却训了我一顿。杨白劳卖喜儿也是按手印的，当时他逼我在断绝书上签字，现在我又成了破坏他家庭幸福的罪人！"

读完"灰姑娘"的来信，我思索再三，得不出明确结论。谁是？"灰姑娘"、小李、妇联女干部都有自己的理由。谁非？从他们身上也都能找到一些。是不是在这件事的处理上，他们都是是中有非，非中有是呢？作为编辑，我很难公断。人啊，真是一部学不完的巨著！

编辑部内部记事

那个年月出差好辛苦

那个年月出差组稿，乘车住宿，东奔西走，好辛苦，多意外：

宿庙

在成都，听说峨眉山上有位女服务员，坚持多年自学成才。我和老朱决定上山采访，上一段山路要爬无数级台阶，没完没了，爬到半山洗象池足足花了七个多小时。眼看天色渐晚，下山路上折进寺庙招待所投宿。招待所傍山而建，山高林密，树木遮阴，屋内阴暗潮湿，睡进潮湿沉重的被窝，甚觉难受。山高天寒，不能坐待天明，只好蜷缩一夜。过了两天，大腿两侧生出许多水泡泡。

住庵

住尼姑庵是在九华山。经《芜湖报》"老记"介绍，九华山博物馆有位青年勤于学画，向所有来九华山旅游的知名画家求艺，事迹感人。我与小曹前去采访，与这位青年见面时已近黄昏，他安排我们住尼姑庵。女编小曹住楼下，我住二楼。

我住的房间有四张床，我睡一床，三床空着。房屋砖木结构，古老，静谧，旅途劳累，正好美美睡上一觉。我把旅行包和一袋食品放在旁边的空床上。洗漱完毕，早早入睡。第二天起床，只见放包的空床上散了一摊瓜子壳，一分为二，没有碎壳。"谁吃的?"正在狐疑时，却见一只大老鼠蹲在床的一头目光炯炯望着我。啊! 这是老鼠的杰作。旅行包被咬开一个豁口，幸好没有咬破衣服。转眼一看，还有几只尺把长的大老鼠在地板上大摇大摆地走动，根本不把我放在眼里。

尼姑服务员进来收拾房间，我问她这么多老鼠为什么不捕杀? 她头也不抬，却回答我"阿弥陀佛"。我这才恍然大悟，出家人不杀生。

受惊

去广州，托《黄金时代》"老记"为我找一家普通旅馆。为我找的旅馆房间很大，放六张床还空荡荡，倒也干净。奔忙一天，感到疲倦，吃过晚饭，看了一会儿电视，洗漱完毕，便上床睡觉了。夜半睡意正浓，忽觉一个大家伙爬到我脸上，吓得我大声惊叫。顷刻灯火通明，众人问我何事。"大乌龟! 大乌龟!"我连声应答。这时，有位旅客带着歉意笑着跑过来捉龟，并连连打招呼："对不起对不起，龟是我的。"他把龟捉走，从床底下拖出蛇皮袋，原来袋口松开了，也不知爬出了多少龟，于是众旅客爬起来帮助他找龟捉龟，又捉了几只，这才熄灯就寝。哪里睡得着，开始大谈龟趣……

有人问："朋友，你带一袋龟到广州来干什么?"

"广东人爱吃龟。"

哦! 原来他是龟贩子。

翌日，他把一袋龟扛到旅馆门口卖高价，不一会儿就卖得精光。

遇险

在广州受惊还好，到南宁吓得我一夜未眠。

在南宁火车站，我和小谢找到一家小旅馆住下。

小旅馆房间小，仅能放三张床，几乎没有空间。我刚睡下，又进来两位旅客，一高一矮，高个四十多岁，矮个二十多岁。高个相貌凶狠，行装简便，我不由得心生疑窦，这两人是干什么的？

他俩语少言短，一会儿便脱衣睡觉，高个腰际露出短枪，我神经一下子绷紧起来。"四人帮"粉碎不久，南宁大街的地上斗大的"打倒韦××"五个字墨迹还隐约可见，治安不甚好，会不会遇上了"歹徒"？此时已无退路，只好硬着头皮和矮个青年套近乎："我当过兵，也别过你们这种枪。枪要经常擦油，军人爱护武器要像爱护自己眼珠一样——你们是便衣警察？"

"不，我们出差办案子。"矮个回答我。高个用怀疑眼光看看我，对我所说，似信非信。

话不投机，再也找不出话题。管他们干什么的，我只要平安混过这一夜就行。

高个卸下枪，放在自己枕头下面。天啊！我的枕头和他的枕头成一线，那黑洞洞的枪口正好对着我的脑袋，不知道子弹是否上膛，保险保了没有？整夜提心吊胆，难以入眠。天刚亮，我就提着包，拿着日用品，趁着他们呼呼大睡之际，轻轻拉开门，下到二楼，敲开同事小谢的门，告诉她我一夜惊魂。我们赶快到服务台结账,说声"拜拜"。

腹泻

与小谢出差成都,拜访梁群。

梁群是我文友,神交多年。当时她在陆军第四十八医院工作,我们去时,她正退伍待分配。初见,她就把自己房间让给我住,她和女编小谢睡其战友一间空房。

医院在灌县,她热情陪我(小谢另有采访任务)去成都组稿。天色渐晚,她带我去一家老牌名店吃麻婆豆腐。她不吃,陪我坐着。我却吃得津津有味。

岂料这顿饭吃坏了肚子,回到旅馆便腹泻不止,几乎刚上床就要下床跑厕所,一夜十余趟,实在难熬。当兵时听说吃大蒜能止泻,一清早我就跑菜市场,买了一捧大蒜,边吃边回旅馆——腹泻终于慢慢止住了。第二天有个参观活动我不能参加,只好小谢一人去了。

伤脚

编辑部派我和老朱去浙江诸暨访问一位青年读者,他怀疑我们一篇报道不实,为了使他释疑,更为了鼓励他改革自立,邀请他去无锡参观我们报道的先进人物先进事迹。

从诸暨城进山,无车可乘,需行二三十里才能到达目的地。初夏天热,山路难行,又饥又渴,路边买馒头充饥,好不容易找到了青年的家,向青年说明我们此行目的。交谈中了解到青年的人品和现状。我们做了具体安排,邀请他去无锡参观的来回盘缠食宿费用均由本刊提供。交待清楚,当日我们又匆匆往回赶。

行走数里,我不慎扭伤了脚,只好扶着老朱肩膀连走带跳了一段路,找到一山民家住下。山民家只有一张竹榻,我和老朱只好挤一挤,蚊虫叮咬,半醒半睡过了一夜。

第二天一早,山民家的小伙子骑自行车载我,把我们送到诸暨城里。

受气

和小丁从济南回沪,火车满员,铁路局的朋友送我们上车,还给我们写了一张字条,叫我们上车找列车长签坐位,我们好不心喜。

上车找列车长,列车长叫我们等一等。车过三站,不见列车长招呼。再去找他,他对着十余位要签坐位的旅客扬扬手中字条说:"这么多人要我签坐位,我哪能变得出来? 现在一个坐位也没有。"我们都傻眼了,从济南到上海要站 16 个小时,怎么吃得消? 列车长还算开恩,要我们买餐车票休息。

伴随着列车前进的节奏声,疲惫的我伏在餐桌上很快进入梦乡。忽然一声粗喝把我惊醒:"起来起来,餐车要开饭了。"我一看表,才 5 点半,无奈起身,服务员把我们往硬座车厢赶。硬座车厢的过道上放满了行李物品,旅客有站有坐有躺,我们手里提着包艰难向前移步。"快走快走,别磨磨蹭蹭。"服务员见我们移步慢,在后面大声嚷嚷。我不由得恼恨起来:"前面没法走,不信你到前面领我们走走看。"谁知这个服务员不讲理,恶声恶气斥骂我:"难道要我抱你、背你过去吗?"和这种人没有什么可说的! 我们只得继续向前移步,当我们刚跨出餐车门,听到"砰"的一声,服务员把餐车门狠狠关上了。这时火车刚过徐州。

我靠在车门上,饱受寒风侵袭,看看手表,数数站头,只盼望早早结束这次不愉快的旅程。

沾虱

出差杭州前,老朱托女婿找了一家便宜旅店。

下了火车,天已黑,我俩找到这家旅店。旅店内幽暗潮湿,屋中间吊着几只半明半暗灯泡,一张张两层木床从进门处分两排往里屋排列着,数一数约 20 余张。

老板是位彪形大汉,领着我们往里走,走完两边双人床才停步,掀开木门上的搭钩,把我们让进房间,还讨好说:"现在是旅游旺季,要不是昨天订好,你们今天来就住不到房间了。"

环顾房间四面,一面是斑驳的墙壁,三面用木板钉成,木板有空隙,没有糊纸,外面微弱的灯光从壁缝里洒进来。房间里有两张小铁床,一桌无椅,泥土地上放着一只热水瓶。房间无窗,一只没有灯罩的 15 支光灯泡在我们没进门前就亮着。房间对门有一张三人床,分上中下三层,夹在两壁之间,旅客上床须从床的一头往里爬。房门外右转弯约三四米处是厕所,臭气随风入鼻。

我把旅行袋往床上一搁,心情不满说:"老伙计,你女婿怎么找这样的旅店给我们住?"老朱有口难言,低着头从旅行袋里取出牙刷牙膏毛巾,准备漱洗睡觉。无奈,我跟着老朱找水漱洗。转两个弯,在厕所后面找到了水池,水池旁边有一大缸热水,放着十几只木盆,湿漉漉的地上零零落落有一些木屐,供旅客洗脚用。

委屈一夜,第二天结账只花了 1—2 元。"'天堂'竟有这样的旅店!"离店时老朱才叹了一口气。

归来,发现我的衣服上沾了虱子,妻有怨言,我戏说:"为《青年一代》生一次虱子也光荣。"妻马上扔过来一句话:"那是光荣的虱子喽!"

此文仅仅是我二三十年前的几次出差纪实。今天,随着社会进步发展,交通食宿都有了很大改善,出差公干要比过去方便多了。

记忆里的年会

为了与作者"交流思想,探讨选题,改进刊物",《青年一代》每年一次邀请四五十名作者、编辑去外地开年会。

年会内容:一是研讨,二是联谊。

年会开过六次,依次安排有无锡、青岛、太平湖、金华、武夷山、厦门。

每次年会均开一周。一周时间,编辑、记者朝夕相处,形影不离。研讨严肃,联谊轻松。这里让我说说几个轻松的话题:

安徽太平湖四面环山,数十名记者、编辑同乘一条游船,荡漾在青山绿水之间,饱览湖光山色,心畅情舒,有人唱歌,有人照相,有人谈"初恋史",有人讲古老的故事。"从前有座山,山上有座庙,庙里有个老和尚,老和尚向小和尚讲故事:从前有座山,山上有座庙……""不好听! 不好听!"有位年轻女作者听得不耐烦,大声嚷嚷。还是一位年长男作者有悟性:"他是说刊物内容如果像老和尚讲故事,就没有人要看喽!"一语道破,众皆称是。

金华年会,演出两次"闹剧"。一次在洗尘宴上(每次年会都举行洗尘、告别两宴),大唱劝酒歌。这个说:"一口闷,感情深。"那个说:"喝一半,情不断。"你纠我缠,热闹非凡。两位年长男作者"聊发少年狂",勾臂喝"交杯酒"。另一次,编辑老矫和作者小施比赛谁上到山顶先回到山下。老矫已过不惑之年,体健人瘦。小施正值青春,人高马大。老矫大步流星,已飞奔到山下。小施却倒在山坡上不省人事。幸好作者中有位医生,奋力抢救,才免危难。小施醒来第一句话就是嘱咐大家:"不要让我妈妈知道,她会受不了。"此话出口,感动众人。

武夷山年会别有情趣。夜晚,树梢挂明月,与会者自由结合,或伫立桥头,或置身林中,或漫步山间公路,三三两两,各自谈着他们感兴趣的话题,人人都有好心情。而九曲溪上的竹筏更加令人难忘。竹筏由几根粗竹编制而成,上面安置着五张竹椅,可坐十人。撑筏人是两位女青年,一前一后,收竹点篙,左一下,右一下,竹筏缓缓前行。我问撑篙女,"武夷山哪里最好玩?"她充耳不闻,不理不睬。船前大陈捧着相机起身转脸要给我们拍照,船头撑篙女厉声断喝:"坐下! 不许动!"前面快到滩头,我们要求她靠滩停一停,下去拍张照,也被她无声拒绝。花钱买气受,我们只好唱歌排遣:"小小竹排江中游,巍巍青山两岸走……"筏近终点,撑篙女发现我们是《青年一代》编辑、作者,态度突然转变,开始表现友好,可惜行程已尽。但是,使我知道《青年一代》在深山绿水之间也有读者。

"万年轮"离开水面,载着我们驶向厦门开年会。厦门是座海上美丽的大花园,集美、鼓浪屿、胡里山炮台,还有碧绿的凤凰树,金黄的相思花……到处留下了我们的足迹。告别厦门时,厦门市文联副主席谢澄光先生向《青年一代》赠诗:"绣虎雕龙会绿州,文山艺海共遨游,鹭江喜汇申江水,彩笔繁花美意酬。"苍劲的书法和隽永的诗句交相辉映,装裱后悬挂在《青年一代》编辑部的墙壁上。

联谊不忘研讨,我们的基本作者亦称"铁杆作者",满怀豪情,有备而来,备发言、备选题、备稿件。一周的年会,开会研讨,作者、编辑交流思想,改进刊物,是《青年一代》丰收的好时节。

年会也是作者、编辑深化感情的好时光。记得太平湖那次年会即将结束,当晚举行舞会,明日就要分别,有位中年女作者突然离开舞会跑回房间泪流满面,原来她舍不得离开这欢乐的群体。人和心畅,我至今难忘那次年会。

我们是一支战斗的团队

1979 年 4 月,由主编夏画和编辑何公心、颜安、余志勤创办出版了《青年一代》丛刊。5 月中旬,我去加盟。后来,编辑陆陆续续增加到 10 人。这 10 位编辑把《青年一代》办得有声有色,1985 年是刊物发行高峰期,发行 527 万册。当年,中宣部一位老领导在一次新闻出版改革大会上说:"《青年一代》十位编辑,办一个刊物,发行 500 万份,这个数量在全世界也是少有的。这个刊物方向是正确的,是引导青年积极向上的。"能获此赞扬,且让我身临其境的人说说我们这支战斗的团队:

主编与编辑

主编是我们的领导,我们唯他马首是瞻。主编又不像领导,好像"同志哥",他对编辑民主,平等相待,犹如师兄大哥。

主编是编辑部负责人,他讲话我们应该听。他说"坚持办刊方针,坚持求实原则"。我们坚决贯彻执行,不打折,不走样,一路走来,他满意,我们开心。

主编提倡"各尽所能,积极组稿"。我们放开手脚,四处找线索,大胆约稿件。但是,稿件取舍、删改及文字修正均由他定夺。

不见他独断专行,遇到大些问题,会和我们商榷,求得共同解决。多年"无战事",共享成功的喜悦。

主编要对上对外。他表示,经过他审读的文章出版后,如果发现政治原则错误,或内容失实,格调欠妥,甚而文字差错,均由他负责担当。办刊多年没有发生过政治原则错误,但遇到过一次"大麻烦",他的确敢负责敢担当,在处理"大麻烦"过程中,他沉着应战,跨过险境,平安无事。真有"苦果"扔来,他自食,不让编辑受苦。有敢于担当的主编,才有放手干活的编辑。

在工作上,主编要求我们"认真踏实,力争优秀"。在生活上,主编从来没有对我们管头管脚,说三道四。好在编辑都自律,主编不费心,我们也宽松,和睦相处,其乐融融。

主编不忘编辑的"另一半",他多次邀请编辑带爱人上馆子打牙祭。为的是,感谢"另一半"大力支持,他是聊表寸心。

编辑与编辑

编辑的年龄,有不惑,有三十而立,也有二十出头。编辑的性格,有开朗,有寡言,有严谨,有粗放,有干练。编辑的能力有强有弱,对业务有精有疏。但是,编辑之间都能相互尊重,相互学习,取长补短。在编辑部看不到因年龄差异而有沟壑,也听不到有人论资排辈而分高低,一位同行观察到这种景象,曾写文章赞扬:"在《青年一代》的几位老编辑身上,都有一种常人难以想象的活力和朝气。在许多问题上,青年人往往缺乏准确的判断和选择;《青年一代》的老编辑,正善于以他们丰富的生活经验和进取心帮助青年从小事做起,懂起,走向人生的金秋。"这位同行没有说青年编辑,作为知情者,我知道年轻编辑一直虚心向老编辑学习,学习他们的一切优点和特长。

编辑的团结战斗精神最能体现在供稿方面。《青年一代》推行"责任编辑、主编负责制"。责任编辑的职责是,当期刊物稿件、编排,都由责任编辑从头负责到底。责任编辑不是一人包办,而要其他编辑大力相助,积极供稿。其他编辑提供的稿件,由当期责任编辑审读,决定取舍。责任编辑轮流"坐庄"。为了办好刊物,同心协力,编辑们总会拿出好稿供给当期责任编辑,不打埋伏,不会把好稿留给自己当责任编辑时用。向责任编辑提供的稿件,任由当期责任编辑挑选,从未因稿件落选而编辑之间发生矛盾,引起不快。

每期刊物出版后,全体编辑走出编辑部收集读者反映,回来将听到的反映无保留在会上汇报,共同分析,保持优点,纠正缺点,改进刊物。受到读者赞扬,无论谁是当期责任编辑,众皆开心。我写过一篇《缅怀颜大姐》,有这样一段文字:"当她听到无数读者、同行传来对本刊溢美之词的时候,当她和别人谈到坚持办刊方针、同心协力获得进展的时候,那眉飞色舞、喜形于色的神情,也只有妈妈夸奖自己宝贝儿女时人们才能见到。"颜大姐如是,其他编辑亦如是,只不过颜大姐表现更为突出。有喜同欢,这就是《青年一代》全体编辑的心态。

编辑中有位"山东大哥",此人性格粗放,大大咧咧,爱开玩笑。别人逗他,他不生气。有一次,由主编发起,各自在家烧一只特色菜带到办公室聚餐,聚餐前摸奖。女编小汤等在摸奖前将一支口红用花纸层层包装好,声言要让最年长的先摸。"大哥"闻言,喜滋滋眼光一扫,伸手摸大包,摸到手便当众揭开层层包装纸,纸尽口红见,引起哄堂大笑。"大哥"知道是戏弄他,不生气,也跟着大家嘿嘿笑。"大哥"是南下干部,见多识广,经常制造笑料,把大家搞得乐呵呵,笑口常开。

编辑

伸手有五指,捏紧成拳头。五指组成拳头,没有五指就没有拳头。这里要说说"五指"。

《青年一代》每出版一期,要发长短文章40余篇,十多万字,设置十一二个栏目。发稿要跟形势,有中心内容。每期发稿是何中心,发哪些内容,必由主编召开编前会讨论研究,最后决定。编前会上,众编辑将当时从各种渠道调查获得的正反各类信息无保留地汇报,交流,讨论。而后,大家倾听责任编辑汇报自己准备的当期选题内容、栏目设想,以求充实、修改。经过大家热烈讨论,最后确定当期宣传中心,缺少的内容,编辑分工,指定某某去采访或组稿。接下来,编辑单兵作战,各显神通,去完成任务。

编辑不仅自己努力,而且还要调动自己的作者共同战斗。编辑各有一支作者队伍,人数一二十人不等,十名编辑有十支作者队伍,总数大约有一二百人,他们来自各行各业各个领域,是一支召之即来,来之能战,战之能胜的战斗队伍,编辑依靠他们胜利完成各期组稿任务。

稿件求真,编辑对不清楚的内容必经核实后发表。例如:组织一篇青年心理常见病文章,编辑会跑到医院找有关医生咨询;发一篇美容、发式稿件,编辑会上理发厅、美容院参观请教;要报道个体户经营和生活方式，编辑就召开个体户调查会，到小商品市场找个体户口问心记；人民公园出现了"相亲角"，编辑也会去轧闹猛，挤进一群大男大女中间东听西问；发一篇批评文章，文章里批评的每一件事，编辑都经过核实，有证明人。心系《青年一代》，为获得一篇好稿，编辑三番五次跑作者，和撰稿人讨论，请撰稿人修改。为切合内容取一个吸引眼球的题目，编辑会动脑筋想出十个八个题目最后选一个。毫不夸张地说，《青年一代》的编辑一心扑在刊物上，他们走在路上，坐在车里，睡在床上，梦牵魂绕，都在想着组稿改稿，视刊物如生命。

三十年后的一天，上海《新闻出版博物馆》杂志编辑张霞约我们写文章纪念《青年一代》创刊三十周年，文章发表时，他们写了"编者按"："《青年一代》，是许多如今已不再年轻的读者青春岁月中的一部分。这份改革开放之初创办的面向青年人的杂志，以其鲜明的个性和'新、真、实、软'的特色，走进了千千万万年轻人的心。发行量一度全年每期突破 500 万册，创造了出版业的奇迹。2009 年 4 月 14 日，当年创办《青年一代》的编者、作者汇聚一堂，共同祝贺《青年一代》创刊 30 周年。本刊特辟专栏，刊登首任主编夏画、作者蒋星煜、编辑何公心和吉传仁的文章，他们根据各自的亲历，回顾了那段辉煌的历史，既是对 30 周年的纪念，也留下了一段珍贵的出版史料。"

主编夏画

《青年一代》何以走向辉煌？必须说说主编夏画。

老夏是《青年一代》的"领头羊"，在大变革的时代，他带领编辑，顺应潮流，解放思想，敢为人先，把刊物办得具有时代气息和生活气息。

他常对编辑说：我们要和时代同步，在同类型刊物中"领先半步"。在他的指引下，我们走出编辑部，深入生活，寻找新人新事新题材，出新作品，全方位反映青年生活。

他要求：编辑提供的新作品要写真实抒真情，要思想性、知识性和趣味性相结合。我们交的答卷，力求打满分，至少也要打个八九十分。

编辑提供稿件，主编归类设栏目，他设的栏目有："改革声声"、"城市改革的春天"、"未来属于有志改革的人们"、"拒腐蚀"、"知法守法"、"婚礼纵横谈"、"致新婚夫妇"、"致年轻的爸爸妈妈"、"爱，跌落在哪里"、"一代新风"、"美的教育"、"行行有冠军"、"演员生活"、"大学园"、"当年老三届"、"他们年轻的时候"、"两岸相思"、"台湾骨肉兄弟"、"第三兴趣"、"为国争光"、"信仰篇"、"追求篇"、"成才篇"、"奋斗篇"、"疏导篇"、"希望篇"等等，见刊的栏目近百个，除"道德法庭"、"青年生活顾问"、"人啊应该怎样相处"、"社会一角"几个深受读者欢迎的固定栏目外，其他栏目不断更换，灵活设置。老夏设置栏目不落俗套，别出一格，常读常新。

老夏与青年近。他年已半百，但心态依然年轻。他不是站在"桥头堡"上向青年发号施令，而是真心诚意和青年交朋友，和青年肩并肩，手携手，娓娓而谈，在"引桥"上共同前进。

老夏与作者亲。办杂志要依靠作者，作者是编辑的"衣食父母"。《青年一代》每位编辑都有一支作者队伍，编辑与作者经常联系，作者也经常到编辑部来议题谈稿。老夏善待他们（作者年龄大都在三十上下），热情招呼编辑的每一位作者，我常见他放下手上工作起身接待，丝毫没有主编架子。他也有一支作者队伍，那是由全体编辑的作者组成的"综合大队"。这支综合大队中有工人、学生、教师、干部、记者、公安员，他们都在基层工作，政治敏感，思想活跃，来自各行各业，广泛接触社会，有热切写作欲望。老夏视他们如"知已"，重视他们，依靠他们，办好每一期刊物。

老夏与作者的良好关系最能显现在年会期间。我们每年要到外地开一次四五十位编辑、记者的"刊物改革研讨会"。会议7天中，老夏更显年轻，热情、活跃，每天都和作者亲密接触，交流思想，讨论选题，改进刊物。年会期间，多次举行舞会，舞会开始，必是老夏带头起舞，从开始跳到结束，从不间息，不到舞散，绝不停步。老夏与作者亲如一家人，与会者都爱接近他，对他印象极佳。

我与老夏共事十余年，未见他对编辑发过一次脾气，说过一句狠话，待编辑很宽容。有一天在办公室，颜安不知何故向老夏使性子，把笔记本摔在地上。老夏埋头看稿，一声不吭。我见状，起身捡起笔记本,放到颜安桌上,不便多嘴。老夏宽容,宽容就是爱,人有小过不计较。一次,他和我闲聊,说过这样的话:"如果有人想调你和颜安,我绝对不会放你们走。"可惜颜安命短,不到退休年龄早逝。老夏悲痛落泪,曾在编辑部设灵堂,放遗像,献花圈,沉痛悼念。

老夏向我们表示:"凡是经过我审核发出的稿子,有风险,我承担;出问题,我负责。"此言不假,遇到风险,他的确敢于承担责任。我发过多篇"闯祸"文章,特别有一篇揭露批评"某高官"的文章捅了马蜂窝,对方组织来势汹汹,兴师问罪,以势压人,以致这期刊物在印刷过程中被迫停机。老夏沉着应对,坚持此文无差错,向上层层书面陈述,直到我们去北京向中央有关领导部门申诉,终于过关取胜。事发前后,老夏丝毫没有推卸责任,也没有只言片语怪我。这样好的领导品质,是值得我们敬仰、学习的。

老夏在《青年一代》任主编 12 年,勤勤恳恳,兢兢业业,与编辑同心合力,发表了一篇又一篇"超前"文章,在社会上产生很大的影响。《青年一代》走向辉煌并不容易,曾一路经历过风风雨雨,坎坎坷坷,但始终迈步前进,不退缩,不停步,走自己的路,终于办出了特色,在众多同类型刊物中独领风骚。难能可贵的是,在主编夏画的带领下,办刊多年没有犯过一次政治原则错误。

一位同行权威人士说:"在中国当代期刊史上,《青年一代》是应该写上一笔的。"我说:"在《青年一代》期刊发展史上,少不了也要写上主编夏画的大名。"

怀念颜安好编辑

颜安是我们的好编辑、好同事。她不止一次地对我说要干到60岁，在她退休前和我们再创办一本杂志。

她毕业于复旦大学新闻系，是《青年一代》创刊人之一。她和我们共事9年，相处甚好，合作甚好，携手前进，共同奋斗，使《青年一代》走向辉煌。她对这本自己曾花过心血、洒过汗水的刊物怀有深厚的感情，每当我们听到读者表扬《青年一代》、或是共谈刊物发展史的时候，她的眉梢眼角都会显露出一种喜悦、欣慰。

她乐于助人，室内几乎每一位编辑都得到过她的指点，虽然有时不免流于琐细，但能从这琐细中见其热情，见其真诚，见其关心。谁出差了，她都要在其临行前问一问有什么困难，家中有什么事要帮助安排，友爱之情常常温暖着同事的心。

为了使青年编辑有更多的锻炼机会，我们三位年长的不再担任《青年一代》责任编辑，而去创办《少女》杂志了。56岁的颜安，又满怀热情地培育《少女》，她童心未泯，有一颗少女的心。我和老矫比她年长两岁，平日也跟大家喜称她"颜大姐"。谁能料到，就在"大姐"承担《少女》第三期责任编辑、紧张发稿时，不幸一病不起了。病势垂危时，她还问《少女》缺两篇稿子补上没有。编辑的责任感,一直表现到死神夺去她生命的最后时刻,这是一种多么可贵的敬业精神啊!

她1984年入党。三年来,她参加党的组织生活积极,发言积极,按时交党费。发工资那天,也就是她离开人世前三天,室内一位青年编辑去医院看她,她再三叮嘱不要忘记替她交党费。1987年8月,是她向党交最后一次党费。

还记得:她9日离开了人世,我12日夜梦见她躺在藤椅上吃零食,胖胖的,喜滋滋的——一梦醒来,清晰地听到时钟敲了三下。说也怪,第二天见到老夏,老夏在7日夜也梦见她神采奕奕地到编辑部转了一圈,醒来看表,是三点正。我和老夏不信鬼神,但我俩一个在她生前、一个在她死后都梦见她没有离开我们,我们都那么热切地盼望她长寿,盼望和她共事。可是她却早走了——

她走得太快了!然而,她那"春蚕到死丝方尽"的工作态度,她那对同志满腔热情的关怀,以及她那"嘻嘻"的笑貌,她那"直直"的语言,她那爱吃零食的习惯,她那——至今难忘,至今活在我心中。

认真倾听

从事记者、编辑工作多年，我逐渐养成了良好的倾听习惯。

遥想当年，采访名流、要人，向作者约稿，听读者反映，接待来访者，我都必须认真倾听。

名流、要人地位显赫，亲自见过、做过、遭受过的事多，采访他们时，我全神贯注，倾听他们说话。如果有些话没听清楚，我会礼貌地请他们再说一遍。没听明白的史事，能查资料，我不多问。一次，有位长者说话突然中断，要我重复他刚讲过的一句重要话，我复述无讹。他笑了，表扬我听得认真。我认真倾听，每次都能完成采访任务，发稿从无差错。

编辑组稿，通常向作者提要求，像老师布置学生做作文。我不，我喜欢和作者交谈，倾听他们想写什么，怎么写？作者见解独到，认识超前、超我，我向他们学习，丰富自己。如果作者认识不足，我提出意见，和他们商榷。交谈过程，是倾听过程，沟通过程，取长补短，互相学习，联络感情，从而建立了友谊，有了一批"铁杆作者"。

读者反映意见，有褒有贬，有对有错，要善于倾听。听到批评，不辩解；听到表扬，不喜形于色；有误解，稍作解释。我在倾听过程中不是被动、沉寂,也有插话,提问,表达自己的意见。倾听不走神,不无故打断别人发言,认真做好记录。读者见我心诚倾听,感到自己意见被重视,心中欢喜。读者与编者互动,收到好效果。

接待来访的弱者、失恋者、求助者,我耐心倾听他们诉求,让求助者感到被关怀,愿意把话说完。耐心倾听,不急躁,不冷淡,待求助者把话说完,了解了他们的心情和诉求后,我才表达自己的意见,或安慰,或建议,或帮助,或鼓励他们寻求解决问题的途径。曾经有一位河南弱女子失恋想自杀,后来当了厂长,成了祖母,还没忘记三十年前我关心过她,使她走出困境,千里迢迢从南阳来到上海,感激我的"救命之恩"。

倾听,与我的职业密不可分,和颜悦色、目光专注倾听别人说话,让人感到被尊重、被关心,很温暖。古代,蒲松龄在茶馆里倾听他人讲一个个故事,而写成"聊斋";唐太宗倾听多方面意见,而后为明君;刘备倾听诸葛亮计策,而鼎立天下。我辈没有贤人大智慧,但懂得倾听于已有益。

我看到一些不会倾听的人,不会交流,朋友少,所得也少,通常很失败。而我懂得了倾听有益,有人说话缓慢,有人说话速度快,有人说话啰嗦,有人说话无味,以及聊家常、说时事、谈古论今,我都能认真倾听,我愿听,人愿讲,获得许多信息,增见闻,长知识,顺利完成采访、组稿任务,也做好了其他工作。

缩写域外名著 30 部

"腹有诗书气自华"。多读些文学名著,人的气质、风度、胸襟、谈吐,自然会受到陶冶和调适,进入一个人生新的境界。

然而,古今中外文学作品浩如烟海,读起来颇费时日,对一般青年读者难免有望洋兴叹之感。

我根据自己的读书体会,精选大家公认的30部域外名著,每部缩写成三四五千字不等,在保留原著特色的前提下,以故事形式讲述内容梗概,文前附以作者简介,陆续发表在《青年一代》"外国名著欣赏"栏目内。我有意充当一名漫游外国文学宝库的向导,让青年朋友利用较少时间,领略较大的文学天地。同时,也丰富了我刊内容。(注:后来,我编辑《域外名著故事》一书,由浙江教育出版社集成《新婚礼书》出版。)

缩写成"域外名著故事"的名著有:

法国《太太学堂》、《红与黑》、《贝姨》、《九三年》、《卡尔曼》、《包法利夫人》、《茶花女》、《娜娜》、《一生》、《约翰·克利斯朵夫》

英国《威尼斯商人》、《失乐园》、《唐璜》、《艰难时世》、《简·爱》、《呼啸山庄》、《苔丝》、《牛虻》、《城市姑娘》

美国《红字》、《地老天荒不了情》

俄国《叶甫盖尼·奥涅金》、《谁之罪?》、《奥勃洛摩夫》、《罗亭》、《战争与和平》、《怎么办?》、《一个人的遭遇》

德国《少年维特的烦恼》

印度《沉船》

关心人人厚爱

开导一位被烦恼困扰的姑娘

有一天,一位姓陆的姑娘来访,她两眼红肿,情绪激动,未说话泪先流,哭泣着向我诉说因爱失去贞操,跳黄浦江自杀被人救起的事,她要我们对那个玩弄女性之徒揭露批判,出一口气。哭诉过程中,听出她不想再活。我感到事态严重,需要耐心开导。一次长达数小时的谈话开始了。

"他花言巧语骗我和他发生两性关系后,不到三个月就抛弃我,简直是玩弄女性,品质太恶劣了,流氓!"

"你认为他品质恶劣,你和品质恶劣的人在一起能幸福吗?他暴露得早,比暴露得晚好。现在你看透他了,是好事。"

"我失去了人生最宝贵的东西。"

"不,人生最宝贵的是生命,把贞操看成生命,失去贞操就不想活,岂不是受了封建思想的毒害。"

陆姑娘似乎接受了我的看法。停了一会儿,问:"我今后怎么做人?"

我说:"失去贞操不等于失去爱,你还有爱,可以爱别人,别人也会爱你。"

"别人会爱失去贞操的姑娘吗?"

"会有的。只要这位爱你的人,看到你真心爱他,他会不在意你失去贞操而爱你,因为你是一个在恋爱中被骗的姑娘,而不是一个在生活上放荡的女子。"

见陆姑娘情绪逐渐和缓下来,我开始向她说古今中外有许多身体被糟蹋但灵魂很美的女子,如《茶花女》中的玛格丽特,我国古代有梁红玉、李香君、柳如是、陈圆圆、赛金花,近代有小凤仙,这些女子人品好,灵魂美,留下许多感人的故事。(对陆姑娘简单讲的故事内容,在此不赘言。)

我耐心和她说故事,开导她,抚平她的伤口。她离开接待室时,情绪已经平稳下来。天色渐晚,同事都已下班,我带她出接待室,送她走了一段路才分手。

过了大半年,陆姑娘打电话告诉我,说过去有一位初中男同学对她有好感,可能因为他知道自己的不幸遭遇,迟迟不和她明确关系,好像有想法,要我帮她做做男朋友的思想工作。恰巧,从读者来信中发现一位叫邢为的青年爱上了"失贞姑娘",迫于世俗偏见,自己拿不定主意,请我们解答。为使更多人认识贞操与爱情的关系,勇于反对封建思想,我在《青年一代》1981 年第一期发表了《拿出勇气和她相爱吧》,署名"施常新",也就是说思想要常新。文章发表后,我电告陆姑娘,要她男朋友看看。

邢为同志:

当你知道自己所爱的姑娘过去曾受骗上当、被人抛弃,你非但不歧视她,嫌弃她,而是原谅了她的过失,欣然答应与她建立恋爱关系,这是明智的、有勇气的表现。

现实生活中,有些单纯、善良的姑娘由于缺乏正确的恋爱观,在对自己的男友还不甚了解的情况下,就轻易地以身相许,以至失去了少女最纯洁的感情和贞操,的确很叫人惋惜。从信上看,你的女友虽然生活上犯过错误,但是并不轻佻放荡,她不慕虚荣,而关心你的工作、学习和生活,鄙视贴着价格表的爱情,而对你并不富裕的家庭毫不介意,这就说明她是一个摆脱了庸俗、私欲纠缠的好姑娘。"慧眼识英雄",你爱这样的姑娘爱得对。

你和她相爱,遭到了父母的阻力和一些人的嘲讽,并不奇怪。有些人,对失去贞操的姑娘不作具体分析,要么板起道貌岸然的面孔一味苛责,要么用猥亵的眼光衡量她的一切,这是不公平的,要打破这种旧的传统观念。你大胆同一个尝过爱情苦果的姑娘相爱,这本身是向旧传统观念的一次挑战行为,我赞扬你。要使人们懂得,贞操决不是情人间感情融洽的唯一因素,也不是婚后幸福的根本所在,真正的爱情婚姻,如果仅仅是男方得到女方的初次"贞操权"那就错了,而是应该双方思想情趣、精神生活上的一致。假如没有这种基础,姑娘即使没有失去贞操,那么夫妻长期生活也是很难融洽的。

在你作出最后选择之后,外界给你压力,你不要退缩,应该理直气壮地反问他们,被损害过的姑娘,难道就没有享受爱情的权利吗?对于在恋爱道路上摔过跤的姑娘,我们应该鼓励她重新做人,帮助她勇敢地走出寂寞、苦闷的境地。你已经点燃了她对爱情生活的希望和激情,就不能再屈从父母和社会舆论的压力而离弃她，否则会给她重新的打击，必将在受过创伤的心灵上给以更大的伤害，甚至会造成可怕的后果。我劝你不要再徘徊犹豫，拿出勇气和她相爱吧！

祝你幸福！

施常新

之后，我又发表《请拒绝没有爱情的性爱》，文中写到"爱情包括性爱，但性爱不等于爱情。没有爱情的性爱，姑娘们必须拒绝。""真正的爱情就要把疯狂的或是近于淫荡的东西赶得远远的。"署名"边及"（编辑）。

《青年一代》关心姑娘们的爱、恨、情、愁，适事适时发表过许多切合实际的文章，获得好反映。这些文章中有：《要珍惜处女贞操》、《现在不……》、《姑娘，千万要警惕》、《少女要注意自我检点》、《失身以后怎么办?》、《斥"性自由"说》、《和男青年谈两性道德》等。

话回前题。隔年中秋节，陆姑娘拎着一盒月饼走进编辑部，感谢我这个"红娘"，帮她牵起了红线。

后来，陆姑娘结婚了，生女儿了，有外孙了。现如今当外婆了，家庭生活很美满。她不时来看看我，或者打个电话问问好。

助人于厄运之中

想不到开座谈会引出了一场风波。1984年夏去秋来，我和小丁去沈阳组稿，那里的同行朋友为我们请了三位作家来旅馆座谈，其中有一位女士关某华。

开会组稿，我一般不出题请人写文章，而是先提一个话题，请大家漫谈，我从中找线索，出选题，而后决定请人写什么。那天，我请大家谈婚姻家庭，探讨社会道德。关某华很健谈，谈得多，也谈得好。两位男作家态度矜持，少言寡语，没有说出什么使我感兴趣的内容。唯恐厚此薄彼，当时我没有约他们写稿，而表示稍后与他们个别联系。座谈会结束后，风波乍起，我回上海随即收到关某华的挂号信，信中说：

"上次见面，谈得很投机。然而节外生枝，给我带来了很大麻烦。我原在省图书馆工作，借调辽宁电视台试用，九月二十九日，你们邀请我座谈，结果有人到处大肆造谣，说我代表电视台参加了什么座谈会，大谈'性解放'，是非不清，一时我是否能调到电视台定不下来了。今天我才知道组织正在调查这一事件。（她在"事件"两字下面画了小圈圈，说明事态严重。）您看，社会复杂吧！这个地方，一些人不把精力用在工作上，而都用在人整人、人治人上，真无聊透顶！我对此不以为然，可这次关系到我的工作调动，这才对我有些触动。函调时，您能说清问题就行了。"

想不到请来三人，其中二人中会出"犹大"，不知"犹大"和关某华是什么关系，"犹大"捕风捉影，无事生非，给关某华制造麻烦，影响她工作调动，很是对不起她。我立即发挂号回信，表示若有组织函调，我会为她澄清是非，请她放心。

可能她还没有收到我复信，又寄来第二封信，说："发生了这一小小风波，我认为这是旧观点、旧意识，是改革开放最大的阻力。……他们在积极调查，当然也问到我，我有点受审的感觉，这就是本地的现状。您想想，局面的打开，面临多少困难啊！"

从信中能看到关某华思想解放，痛恨旧观点、旧意识，但身处逆境，感叹无奈。我能理解她，应该肯定她的进取精神，不应该使她在前进道路上被阻，我回信鼓励她，支持她。

风波不是一下子能够平息的，关某华又来了第三封挂号信，展信读到"这个领导要让调查搞个水落石出，加之我是关锋的女儿，目前真有调不成的可能。其实，九月二十九日谈话实为口实而已。既想整人，没这个口实还会找到别的口实编撰。但我希望你能帮我搞清楚，真没想到后果这么严重。我受了那么多挫折，时至今日还这么不公平。希望您能主动给电视台的台长办公室来函说明情况，就说是我本人写信要求帮助澄清的。"

我这才知道她是关锋的女儿。关锋，是钦定打倒"王（力）、关（锋）、戚（本禹）"中的一人，国人皆知。当时电视台要接受关锋女儿进新闻单位，需有极大的魄力和勇气。关某华在座谈会上的发言只不过是有人借的一个口实，我要为这个"身在厄运中的人"澄清事实真相。

关某华收到我的信后，又寄来第四封信："来信收到，很是感激。您大可不必心中不安，此事的发生并不偶然，也不奇怪。您知道沈阳这个地区是'四人帮'时期的重灾区，派性的流毒极深，至今未清除，常常以新的形式表现出来。加之我的特殊身份和'四人帮'时期为整我造了许多谣言，更因为有妒贤嫉能的存在，所以说工作调动受威胁，当然不会是造谣者的能力，而是因为谣言的影响作用于我的推荐人，使他有些动摇。"

关某华第四封来信，使我更加看清楚她是一位识大局，有清醒头脑的女性，她要我写信只不过是为她澄清一个口实，能否调进电视台不仅仅因为"座谈风波"，还有重要原因。那时人们还没有完全从极"左"的桎梏中解脱出来，谁敢要关锋的女儿。关某华调动"卡壳"，原因不在座谈会发言。不管这些，我还是应把此事办好，不给人留借口。

阻挠者未能阻挠成功。关某华终于调进辽宁电视台，而且成为知名女编导。她心地善良，被大家爱称为"侠姐"。她还是赵本山的"伯乐"。

编辑也做"老娘舅"

在我的编辑生涯中，常常为读者、作者做一些"份外事"。我做过"红娘"，也做过"老娘舅"。说一个做"老娘舅"的故事——

那年，小柳姑娘听说我要去北京，请我帮助她办一件事，她说：

一年前，我和本厂一名女青年到宜兴旅游，在善卷洞遇上三位北京青年，其中一位叫小黎。小黎有丰富的想象力，能以幽默诙谐的语言把洞中的怪石奇景描绘得活灵活现，抵得上"半个导游"。我们紧紧跟着他同游，听他说笑，很开心。游完善卷洞临别时，我握着小黎的手说："谢谢，你给我们做了一次很好的导游。"他顿了顿，说："我过两天要到上海出差，来看你，欢迎吗？""当然欢迎。"我脱口而出，并给他写了厂址和单位电话号码。

两天后，我接到他电话，他真的要来看我了，我约他晚上六点钟在外滩公园门口见。这次见面只有我们两人，我带他在公园里兜了一圈之后，就坐在江边的一张椅子上闲聊，从外白渡桥扯到大世界，从浦江夜游扯到城隍庙，还谈到电影、歌曲、相声、小说。我夸奖他知识广博，他赞赏我读书多。他说："小柳，你好像一枚石子投进了我平静的心湖，激起了我一阵阵感情的涟漪。"萍水相逢,我没料到他会说这样的话。我佯装糊涂,有意把话扯开:"公园要关门了,我们出去吧。"分手时,他带着恳求语气问我:"和你谈话很有兴味,我们还能再见面谈谈吗?"他说出我想说又不便说出口的话,我当即同意了。约见在第二天襄阳公园,时间是晚上六点钟。

这是我们第二次约会,第三次见面。小黎问我爱不爱读唐诗?我说读过一些。他随即吟了一首:"常恨言语浅,不如人意深。今朝两相视,脉脉万重心。"他又问我:"这首诗你熟悉吗?"我回答:"是刘禹锡写的。"他惊喜,大叫"遇到知音了!"

小黎回北京后,一个月里给我来了三封信,每封信尾都要引一句刘禹锡的诗。第一封信引的是:"诗酒同行乐,别离方见情。"第二封信引的是:"寻常相见意殷勤,别后思量梦更频。"在后一诗句下面打上了着重号。第三封信引的是:"山川几千里,唯有两心同。"在"两"字后面用了(?),要我表态。我被他的真情打动了,也写去了一封封热情的回信,我们还互赠了照片。

小柳姑娘文静娴雅,能说一口普通话,讲话时慢语轻声,娓娓道来。我把茶杯向她推了推,示意她喝点儿水再说。她端起茶杯,呷了一口,继续说下去:

不料有一天,我突然接到一封信,信中写道:"我替小黎换衣服,发现他口袋里有你写给他的情书。他是有妻子的人,你怎能做不光彩的'第三者'?"署名是"小黎的妻子何雯。"我惊呆了,他有妻子,怎么不告诉我?他有妻子怎能再追求我?我苦于无法了解他的底细,他妻子写信来,我正好趁此机会调查他一下,我给他妻子去信,把我们的认识过程全都说了,并说明我不知道他结过婚,他既然是有妇之夫,为什么还要冒充未婚青年追求一个姑娘?他究竟是好人还是坏人? 何雯回信说:"我的丈夫是个好人,他是研究所工人,现在正在读业余大学,爱好无线电,能够装配电视机。他也有缺点,抽烟厉害,花销大,有时工资不够他用,还要向我要钱。"

这封信使我了解到小黎底细。他为啥追求我? 向我表示爱? 我也该弄弄清楚。我写信给小黎,问他:你有妻子,为什么还向我表示爱? 你到底爱不爱你的妻子? 我要他立即回答。我的内心很矛盾,说实在的,他吸引着我,我想还是等他回信后再做决定。

等了好久,没见他来信,倒是他的妻子又写信来了。她说他们夫妻吵了架,小黎生病住进医院。她信中骂我"不道德,想拆散他们夫妻"。一定是他的妻子把他气出病来了,我打电报慰问小黎,祝他早日恢复健康。想不到电报又落到他妻子手中。她又写信骂了我一顿。现在我和小黎失去了联系,听说你最近要去北京,所以我来请你帮忙,为我找到他,转达我对他的问候,再了解一下他现在的处境和想法。

"了解以后,你做何打算?"我问。

小柳默不作声。

"如果你愿意离开小黎,我乐意找他妻子表明你的态度,如果你想通过我'搭桥'继续和小黎好下去,我不能顺你心愿——"我说了许多道理,劝小柳离开有妇之夫,另作选择。小柳点点头。

一周以后,我到了北京,见到何雯。她是一位长得平常、打扮朴素的北方女青年,看上去不过 30 岁。上海姑娘与何雯相比,相差不多,年龄稍轻,学历不及何雯高,但是有一点大不相同,那就是小柳温柔,何雯粗实。

长谈之后,我对何雯说:"我和小柳谈话不多,但她谈话很得体,于气恼中见温柔,于疑问中见肯定,她是一位很聪明的姑娘。"

何雯说:"怪不得他喜欢她!我现在已怀孕七个月,要为孩子做衣裳,做尿布,要省钱带孩子,这些他不关心,还要大手大脚花钱,我怎么受得了?我和他商量,他嫌烦。我唠叨,他嫌我像'鼓风机'吵他。这叫我咋办呢?"说着说着,眼眶里溢出了泪水。

我陷入久久沉思,然后说:"给你丈夫戴一顶'陈世美'帽子很容易,但是你应该冷静下来想一想为什么,怎么办?现在的青年人大多是先恋爱后结婚,而结婚以后却不'恋爱'了,认为爱已一次完成了。要知道婚姻仅仅靠道德来维系是不够的,更多的还是要靠夫妻感情上的交融。现在我帮你解决了你丈夫和小柳姑娘的关系,如果你不注意感情上的交融,他还可能和小张姑娘、小李姑娘发生瓜葛。这是摆在你面前的一道难题,需要重视解决。"

谈话结束后,何雯紧紧握住我的手,感激我对她的关怀和指点。

我回到上海后,把这件事的处理经过告诉了小柳。我说,为使小黎对你不抱幻想,为使小黎的妻子放心,也为使你彻底解除烦恼,你是否写一篇"误入情网"的文章,对其他人也有教育意义。她同意写,但未写成,因为她不想把真实想法告诉别人。此事不能勉强,也就算了。

事隔一年,我意外地收到何雯来信,信上说:

"我们相识和分别已经一年了,寄上一封信表示对您的慰问,同时也向您谈一谈我现在的思想。

我深知您是一位良师，解开了我的一些思想疙瘩，使我精神上得到了安慰。但是一年来，我的思想还是不稳定，经常胡思乱想。我和我的丈夫虽然生活在一起，但是我对他不像以前那样信任了，总觉得他和我不是一条心。因为他好学，过去我对他百依百顺，家务活儿我不让他干，生活上无微不至地体贴他，感情是很深的。自从我发现他与小柳关系不正常，书信来往频繁，超过了同志关系，我对他深有反感。我认为，他们两人关系还没有彻底断绝，因为双方都留有照片和互相来往的情书（她的照片现在我手里）。如果他们彻底断绝关系了，为什么还要互相留有照片呢？他们不容易见到面，难道想用照片来代替见面和抒发感情吗？我过去对小柳讲过，我是一个好心人，有一定觉悟，我不想伤害她，我想让她把我丈夫的照片和信给我寄来，以后我对此事就再也不提了。可是她对我不满，采用冷淡我的态度，不理睬我。不理睬我难道问题就解决了吗？她已经知道我丈夫有妻子，为什么还说'照片永远珍藏'，这是什么意思？她是一个'第三者'，应该理智地马上撤出来，为什么还藕断丝连，继续保持关系呢？

我现在有个想法，想让她把我丈夫的信和照片寄给我，我把她的信和照片寄给她，以后也就没事了。我丈夫最近憋着劲想到上海交换东西，我怕再出些意外的事情，最好不让他们见面，您说我的想法对吗？

另外，我还想告诉您，去年九月，我生了一个儿子，活泼可爱。我的丈夫对孩子的感情还可以，但他特别反对我再提过去的事，可是我总爱提这些，因为过去的事使我伤心愤恨，想发泄。我想离开他，但又不愿造成家庭破裂。有时感到很苦恼，心想就凑合着过吧。过去您给了我精神力量,解决了我思想上的痛苦,使我振作了精神,现在我还想继续得到您的指点,我想您是不会使我失望的。"

我的回信是这样写的:你想向小柳要还你丈夫的信、照,看来没有这个必要,因为你看了这些信定会徒增烦恼,不会就此解决痛苦。不让他到上海来是对的,他到上海来的目的可能不是"交换东西",而是"交流感情",不过,重要的是,要使小黎从思想上认识自己的问题。夫妻间唠叨应该休止,倒是要记住爱是彼此吸引。信发出去了,问题是不是能够得到解决呢? 很难说。何雯能不能把爱寻回来,这是一个很值得思考的问题。

上述一切,是我当年发表过的一篇文章的全部内容。

之后两年,我再见到小柳时,她已结婚生子,家庭美满幸福。

编辑有时也得做"老娘舅"。"老娘舅"发觉:"小三"多苦恼,情人不久常。

拯救

橐橐橐——门外传来一阵脚步声,急促而又匀称。"哎哟,编辑部这样简陋啊!"

我扭头望去,见门外进来一位陌生的摩登女郎。

没等我招呼,她就大模大样地走到我桌前,冲我甜甜一笑:"我坐这儿好吗?"她顺手拖过一张椅子,满不在乎地坐了下来。

"编辑先生,我写了一篇稿子,请你看看是否能用?"她边说边从坤包里取出一叠稿纸递给我,还乜了一下我桌上的稿件。

我起身给她倒了一杯水,又递上一本近期《青年一代》给她。她不看,放在一边,双目巡视我们的办公室。我翻阅她不到5000字的稿子,是写她自己的故事,大意是她被人家骗了,她学坏也去骗人,社会上的人就是你骗我我骗你。透过大胆、灰色的语言,暴露出她对社会对人生的错误看法。显然,这样的主题对青年没有教育意义。

我们开始了对话。她是个集幼稚、坦率、梦幻、虚荣于一身的姑娘,对我的问话她直言不讳地回答。

她和他相识在一家超级商场门口,有一个男子大概认错了人,在她背后叫一个陌生人的名字,当他发现她疑惑的眼神时,他似乎才意识到自己失误了。她打量了一下他很不错的外表，便不再矜持，和他随便闲聊了起来。她发现他很消沉很迷茫，一种同病相怜的感觉油然而生。就这样，他们成了朋友。她以为找到了如意郎君，便迫不及待地介绍他认识了自己的好友——一个比她漂亮、活泼的女孩。哪知道，男友的"爱情车"开了岔道，丢掉她，驶向她的女友。她流着泪，藏着痛楚，依然把笑容挂在脸上面对世界。

她又找到了"白马王子"，高大的形象，睿智的目光，广博的知识，隐隐地，她有了爱情的安全感。往日心头的阴影逐渐消逝，不再恐惧地投入了情人的怀抱。一天，她挽着他的胳膊正幸福地走在一条僻静的林荫路上，他突然推开她的手，疑惑间，一位妙龄女子迎面而来，审视了她一下，阴阴地问他："姐夫，你在和谁闲逛呀？"他支支吾吾，舌头打了结。天，突然塌了下来！"白马王子"顷刻间变成了"黑马王子"，自己糊里糊涂充当了"第三者"却不知道。她哽咽着，却叫不出心底的呐喊。

从此，她不再奢望爱情。一切辜负她的，她都要人家偿还；凡有利用价值的，不管年长年幼三教九流都可以结识。她要利用青春好好享受，对物质的欲望大肆渗进了生活。她不满足百元一月的工资收入，进入了一个纷繁复杂的世界。每当夜幕降临，她便踯躅在大酒店、豪华的舞厅门前，招徕一些邀请她玩乐的男人。她陪他们跳舞、陪他们唱歌、陪他们喝酒——为了笼络女人的芳心，男人们在她面前出奇地大方。她呢，拉着埋单的手，跟着大款走。她学坏很多，阿拉伯数字随口编一个便是她的电话号码，随便从百家姓中挑一个字就是她的姓，经常言不由衷。她已不懂内疚,不懂羞耻。她说:"别人痛不痛关我什么事,谁同情过我? 大家轮番欺骗、轮流报复吧!"

我置稿于桌上,深为她流畅的文笔和文中表现出的才气而惋惜。"我要给你一个忠告,社会不是你玩得动的,被玩弄的可能是你自己。"

"我自己?"她不解。

"人的一生不仅仅只有青春岁月,以后呢?"

"以后? 以后是未知数!"

"但我们应该带着真诚去寻求它。"

"现在人们每一分钟都渴求金钱,我的寻求也是金钱。"

"我不反对你寻求金钱,但途径要正当。有人为了追求金钱,不惜丧失人格,去欺诈,去偷窃,去为非作歹;但也有人靠自己的才能、智慧、勤劳和汗水取得报酬。"

她沉默良久,才点点头,从桌上取走她的稿子,起身向我告辞。

橐橐橐——脚步声轻缓,离开了编辑部。

半月后,我收到她的信、稿,从中我高兴地看到了这次谈话的效果:"你洞悉了我灵魂深处的东西。你的谈话,激发了我过另一种生活的欲望。我很爱玩,但玩乐毕竟只属于年轻,将来我会两手空空,一定很惨。再一次真诚地谢谢你,你会使我走向另一条生活道路——"

我拯救了她的灵魂! 心中的畅意和欣慰,使我高兴了好几天。

此后她连续给过我几封信。

　　岁月易逝，春过夏去，金秋又临。她那篇文章终审通过可以发表了，我打电话告诉她，单位那头说："她不在。""到哪里去了？什么时候回来？""不知道。"语气生硬，电话挂断了。隔日再打电话，回答、语气如旧。如是数次，我便不再打她的电话了。心忖：是不是出事了？怎会呢，她不是转变了么。于是我按照她信封上的家庭地址写信告诉她文章要发表了。

　　后来从她弟弟来信中看到出了问题。全信如下：

　　"在您的指导和关心下，姐姐的文章得以发表，这一直是她梦寐以求的，今天终于实现了，其心情不言而喻。

　　现在她正在住院，静静地，可以想一想自己走过的路，想一想今后应如何对待生活。

　　一个人的青春不能总在玩乐中度过，生活不能只有一种色调，而姐姐从前正是这样的，今天她的反思或许会改变自己的人生。让人最宝贵的时光全部流逝在远离真诚、美好的地方，整天套着面具生活，把真我掩盖，这样生活很累，也很蠢，不是吗？确切说，她在反省，反省过去，思考未来……

　　另附：作为弟弟，由于姐姐的病情，只能代笔了，您若有什么事，我十分愿意替您转达。"

　　读完此信，我终日心情沉沉。

　　隔数日，她的男友到编辑部找我（她带他参加过《青年一代》作者联谊会，她向我介绍过），他说她犯流氓诈骗罪被公安局抓起来了，他爱她，可她所作所为他一点也不知道。他反复思忖这样一个问题："如今青年人究竟应该追求什么？"我和他进行了长时间谈话，最后他说："我钦佩她的才华，但鄙视她的人格，不能再和她建立恋爱关系了。"

她的弟弟收到稿酬又来信了,写得情真意切,十分感人。

"年底收到了姐姐的稿费,很惭愧上次向您隐瞒了真相,我至今还不明白姐姐为什么会走上这条路,因为平时她一直很鄙视这种事。当我听到姐姐做这件事时,甚至不相信自己的耳朵。然而事实无情,她因进行'流氓诈骗罪'而被劳教两年。

姐姐来信说,过去只是一场梦,一场游戏,现在已经结束了。她立志把这两年作为人生的转折点。

我带去了您的嘱咐,她很吃惊,也很羞愧,辜负了先生的希望和关心,太对不起您了——"

岁月匆匆,而对被劳教者来说两年时间是很长很长的。她两年劳教生活是怎样过的呢? 我知道得不多,在两年中,她只给我写过两封信。

第一封是羞愧信:"此次写信,当是另一番滋味,想必我的情况你已略知一二,我妄图使生活有内容,却走上了歧路。你曾经鼓励我许多,启迪我许多,这无论于过去还是将来,对我的生活道路都起着很大的作用。那次谈话之后,我知道了自己出格,再回头已经来不及。你的两封信,家属都已转递,真诚地谢谢,使我在最艰难的时候得以重新树立起生活的信心和希望。

第二封是悔恨信:"你是我生命之中的一个亮点(第二个是女劳教大队的队长),这种感恩之情只能用心灵的真诚来感谢。过去的生活留给我的创伤和遗憾不愿回顾,可阴影往往出现在现在的生活中,我后悔、沉重,笑容可以强颜,外表可以无视,可内心却郁闷和颤栗不已! 我告诫自己,一切从零开始,不,我的开始是负数。"

两年劳教她过关了。

后来，工作安排了，回原单位工作。来信说："我已经很感激了，一切过去无视的东西如今却显得宝贵。"

她释放后，我没有见到过她，最后一封信是她回原单位工作时写给我的，后来就没有再来过信，也没有见她寄来过稿件。这是我的作者中一个特殊事例。

疏导出走的姑娘早回家

那天下午,我和老编朱熙平在昆明采访、组稿结束,下一站去四川成都之前还有一些时间,想看看春城美景,在昆明城东一个汽车始发站候车。这时有一位姑娘过来问路:"同志,这辆车是不是去金殿?"我说"是"。不一会,汽车进站,姑娘和我们上了这辆车。

这姑娘约莫二十五六岁,城里人打扮,衣着朴素不艳丽,面容有点憔悴,手里拎一只网线袋,里面有折伞布鞋等杂物,不像本地人,也不像是一个心情愉快的旅行者。

汽车到站,我们下车步行,姑娘却不离不弃地跟着我们。我们初来乍到,一面饱览郊野风光,一面想打听西南风土人情,于是和姑娘一路摆开了"龙门阵"。姑娘谈吐大方,比我们了解昆明多,交流顺畅,不知不觉到了金殿。姑娘无意离开我们,很自然便成了我们的游览伙伴。

金殿坐落在凤鸣山麓,原名铜瓦寺,系用云南出的铜冶炼浇铸而成,铜呈金黄色,昆明人喜称它为"金殿"。我们一起熟悉了金殿的历史,一起赞美金殿的艺术构造,还欣赏了许多文物古迹。随后,我们又循着山径下到公路,步行十余里去黑龙潭公园观赏唐梅、宋柏和明茶。途中,我们和姑娘互通姓名,各自作了自我介绍。黑龙潭游毕,我们乘车回昆明,进了我们投宿处圆通饭店旁边的圆通古寺。这寺是元朝的古迹,林木繁茂,百花争艳。由于我们奔走了半天,老朱觉得有些累,先回饭店休息去了。

我和姑娘坐在古寺的长凳上休息、聊天,姑娘说她爱看《青年一代》。因为她是四川人,我便提到去年刊物上发表过一篇文章,是说由于父母缺乏疏导方法,致使有位四川青年离家出走,青年想游上海后自杀,幸得一名女工帮助和开导而得救。不料姑娘闻言,突然泪下,对我说:"我也有不开心的事想对你说。"在这众目睽睽的古寺花园内,给人看到岂不产生误会,我连忙劝她把眼泪擦干,慢慢说。姑娘终于收住泪水,道出了埋在心里的话。

原来姑娘并非千里旅游,而是和母亲赌气离家出走。姑娘24岁,对于家务、交友、婚姻大事自有主见,可母亲对她不了解、不放心,经常唠叨,说三道四,又在经济上卡她,使她不满,一气之下断然出走。常言说得好,"清官难断家务事",我和姑娘萍水相逢,对她家事无从了解,如何帮助?想到姑娘只身在外游荡,风险不少,应该劝她尽早回家,与母亲沟通和好。一种责任感迫使我不得不把"闲事"管起来。

天色渐暗,我把姑娘带到饭店,想与老朱共同做姑娘的思想工作。我们听她说家庭情况:姑娘一家有九口人,母亲、后父,有六个兄弟。后父身体不好,收入不高,一家大小事务全由母亲操持。长子结婚离家,下有六个弟妹挨次长大,要吃要穿要读书要结婚。母亲是老派人,对他们订下许多清规戒律,管理很严,常常引起两代人矛盾。一次,有两个女娃上门找姑娘没谈正经事,而聊穿着打扮,母亲没好脸色给她看,还批评了她们几句,打断了她们谈兴。为避免母亲不满,姑娘把两个女娃叫到外面去谈,回家晚了,又给母亲骂她不学好,姑娘气不过,与母亲顶嘴,母亲气急,骂她是"王大姐",这是四川人用来骂放荡不羁的女人,气得姑娘大哭一场。又一次,母亲橱门钥匙不见了,怀疑女儿,这就挫伤了女儿的自尊心。她开始不愿住在家里,而住进了工厂集体宿舍。厂领导分头做母女工作,母亲诉女儿不是,女儿在一旁长时间不吭一声。调解无效,女儿赌气出走。

姑娘吐完"苦水"。我问她:"你母亲和别人相处可好?"

姑娘不假思索地回答我:"我母亲就是待我不好,她和邻居、同事关系都不错,有时邻居、同事吵架,找我母亲评理,她总是不嫌麻烦,劝人家肚量要大,要退让宽容,和气相处。"

哦!原来姑娘的母亲对别人和善,对自己女儿严格,做得对呀。问题在于母亲出发点好,态度生硬,说话不注意,以至效果适得其反。

我和老朱循着这一思路进一步做姑娘思想工作,向她指出要看到母亲出发点是为你好,你首先要理解母亲用心,谅解母亲,不要在语言态度上计较,更不能冲撞母亲——姑娘听我们说,低头不语。

我提醒姑娘:"和母亲怄气,丢下工作,离家出走,不让母亲、厂领导知道,要别人为你下落不明担忧,你想过吗?你安心吗?"姑娘被我问得羞愧,面露悔意。

看来,到我们要为她们母女搭一座"感情桥"的时候了,于是我们征求姑娘意见:"你告诉我们你的单位电话,我们给你领导挂个长途,告诉他们不要挂念,说你很快就会回厂,好吗?"

姑娘听了随即同意。这时天色已晚,我们请姑娘同进晚餐,还替她安排回家前两天住宿,关心她钱够不够用,问她回家的路费有没有。她说带了 80 元钱,已花过半,够用了。我们这才放心。

第二天一早,我们借饭店服务台电话,接通了至重庆姑娘厂里的长途,当厂里的党支部书记听说姑娘已有下落,连说"谢谢",并要我们继续照顾她,劝她尽快回厂。服务台两位青年服务员听完我们通话,赞扬《青年一代》编辑做好事,给他们留下好印象。过后,其中有一位服务员还和我有一段时间书信来往。

我们在昆明工作结束后,将要乘成昆快车去四川成都。动身那天夜里,姑娘赶到火车站来送行。她拿出第二天回重庆的火车票给我们看。我问她:"想家了?"她笑了,点点头。车要开了,姑娘和我们紧紧握手,并一再要我们到重庆一定去她家作客。

半个月后,我们从成都坐火车来到了重庆,姑娘接到我们行前去信,冒着寒夜冷风到车站来接我们,并请我们和她父母见面。第二天,姑娘厂里的党支部书记也来了。我们聚会在嘉陵江畔的一幢工房里畅谈至深夜。当我们从重庆乘长江三峡轮船返回上海时,姑娘又把我们送到轮船码头,依依惜别,连连感谢。

回到上海不久,我们接到姑娘来信,信中写道:"自从在云南与你们萍水相逢,我深感萍水相逢不平常,内心有愧,由于我无知,以至错误出走。与你们相识后,你们对我的关心、帮助、开导,我永远不会忘记。现在,我们母女关系很好,请放心!"读完信,我们感到十分欣慰。

给一位青年作者的回信

某某:如晤!

信收到,内容尽悉。

你不必为"原稿奉还"而苦恼,刊物采不采用你的文章,是有多种原因的,或是没有新意,或是内容空泛,或是不符合这本刊物的宣传宗旨,或是近期难以安排——即使有些成功之作,几经周折才得发表也是有的。不过,我相信编辑是不会轻易把到手的"鱼"放掉的。对此,鲁迅说过一句中肯的话:"作者想把文章写好,编辑想发表好文章,两者的目的是一致的,怎么肯把高质量的文章退掉呢?"

至于编辑没有对退稿提出修改意见,也不要抱怨,一个刊物编辑部每天要收到大量信稿,设身处地想一想,编辑哪能抽出更多的时间对每篇作品提出具体意见呢。

诚然,初学写作的人有内行指导,比自己暗中摸索要强得多,但是,无人指津,也未必不能成大事,莫泊桑固然因为有老师福楼拜的扶掖而成名于世,可是受到福楼拜教诲过的弟子未必都成"莫泊桑",这不是说明除了客观原因之外,还得有自我勤奋等诸要因素吗?! 君不见,国内外许多文坛新秀、文豪,并不是个个都受到过内行人的指津,近有蒋子龙,远有高尔基,他们完全靠自强不息、艰苦学习、努力写作而闻名于世。

切不要轻视你身边的"门外汉",跟他们在一起,也很能长学问,成为你最好的老师,蒲松龄因为成天泡在茶馆店里听茶客讲故事而写成了《聊斋志异》;普希金为了润色他的作品而向他的奶妈学习语言;白居易念自己的诗稿给目不识丁的老妪听征求意见——像这样从"门外汉"身上吸取营养的例子真是枚不胜举,这对你不也是个很好的启发吗?

再说一个例子:青年马卡连柯写成《愚笨的一天》短篇小说,寄给《记事月刊》主编高尔基,他本以为会采用,却不料原稿被退回,他自然很沮丧。此后,他一面广泛阅读名著,一面从事儿童教养院的工作。十三年后,高尔基视察儿童教养院,听了马卡连柯详细介绍后,连忙说:"你做的一切真使我感动,应该把这一切都写出来,不应该沉默。"马卡连柯用几个月时间写出了长篇小说《教育诗篇》,享誉世界。

精神产品和物质产品一样,要付出艰苦复杂的劳动,你播下希望的种子,就要用百倍的毅力去辛苦耕耘,莫愁文途无知音,只怕失去进取心。继续奋发努力吧,希望激起你更大的写作热情。

信不尽言,还可面谈。

紧紧握手!

某某某

小山村也有痴迷的读者

下面是我多年前发表过的一篇短文：

一天，四川两位同行陪我和小谢编辑去山区参观泡菜罐制造工场，那些工场设在一个小山村里。"一望二三里，烟村四五家"。走进小山村，只见四五家阴暗破旧的小木屋中都有一位年轻姑娘在碾黑色粉末（我忘记了粉末用途），换取微薄的收入糊口。最末一户小木屋里有位姑娘没有劳作，碾粉工具置于一旁，她却坐在门槛内迎着亮光聚精会神地看一本破旧的杂志。我停步门外，好奇地俯身想知道她在看什么文章，不料意外发现她正在看《青年一代》上我写的那篇《谁能帮她推开愁云?》。人间竟有这样的巧事！

"这篇文章是我写的，我是《青年一代》编辑!"我情不自禁告诉她。

她仰头盯着我看，眼中放射出我从未见过的光亮。或许她觉得我是"从天而降"吧，我想。

（旧杂志已没有封面，这是 1985 年第 4 期，已经出版一年了。）

两位同行和我一样感到意外和惊奇，当即向姑娘证实我所言属实,绝不诳人。

"你们《青年一代》影响真大啊,连这样的小山村也有你们痴迷的读者!"同行不由得感叹道。

离开姑娘,我们走得很远了,回过头去,还见那位姑娘手里拿着杂志站在门外,目送我们这一行"天外来客"。

贺卡寄语暖心头

"光阴似箭，日月如梭"，这是我辈在读中小学写作文常用的语言。也确实，似箭如梭的岁月把人催老了！

回顾往事，打开一摞珍藏着的作者、读者寄给我的贺卡，读着一篇篇寄语，一颗颗青年人的心意，一股股暖意在我心中油然升起，不由得要写一篇"贺卡寄语暖心头"。

美国著名诗人惠特曼说得好："唯有聪明人才善于把许多意思压缩在一句话里。"啊！贺卡上写的寄语，有祝福，有祈盼，有感受，有佳言美语，从一份份贺卡中体会到青年人一个个真实的心意与情谊：

愿吉老师身体健康，万事如意

愿我们和吉老师的忘年交如柏长青，如海长流

愿吉老师我们都心想事成，美梦成真。

——华师大博士生刘燮

非常感激您对我们的关怀，吉老师。

我衷心祝您生活如意，快乐平安！

——外企员工春蕾

感谢您数年来对学生的关怀！
无以回报，唯有真诚的祝福！

　　　　　　　　　　——青年编辑许志伟

你深邃的思想给我以启迪，
我年轻的心灵给你以清新。

　　　　　　　　　　——文学青年行飞

虽说你没有教过我课，
但在我心中您永远是敬爱的老师。

　　　　　　　　　　——记者西京

这张贺卡就像我这个人，
很普通，
很实在，
当然，也很温馨。

　　　　　　　　　　——美籍华人王丽

无数次
是您
在黑暗中为我点起
一盏闪亮的
金字塔……

　　　　　　　　　　——复旦大学凌儿

这是冬天里的一把火，
是我最真心的祝愿！

———作家孙未

在我的记忆里，
您永远慈祥、温柔，
祝您幸福永远！

———教师张炜

认识你真好，
带给我另一片天空。
很想有多一些时间和你聊聊天。
祝新年快乐！

———心理学博士严文华

在我的喃喃自语中，
惊喜地听到远处有回荡的声响。
谢谢你，
谢谢你使我感到在每一种世界里，
我都不孤寂。
谢谢你！谢谢你的关心和友谊。

———北京大学许琪

在这张贺卡上的图案叫我想起您，

沉稳中的激情与活力，

就如温柔夜色中的华灯。

一年又要过去了，

寄上雨君不变的思念与祝福，

还要让您看如今的我

依旧立于江南水乡纯朴的微笑。

——作家郁雨君

......

好! 还有许多,省略不记了。

"现在,他们在哪里?"

他们都在我心中。

忆想往年人相送

夜深人静，皓月当空，我独自坐在窗前，打开记忆之门，往年那些人相送的情景一幕幕重现在眼前——

我和编辑谢燕华去湖南长沙组稿，《女青年》杂志老总介绍我们住进一家招待所。白天我们出去工作，晚归无事我便与服务员聊天，听他们讲自己的故事，我也讲自己的故事，住了五天，讲了五晚，交谈甚欢，互有好感。离别时，他们借来一辆面包车，除留下值班人员外，其余服务员都乘这辆车送我们至火车站，在依依不舍中一一握手告别。

《青年一代》发表过一篇《姑娘可不可以这样追求爱情?》(文中说一位姑娘爱有妇之夫)，引起广大读者热议，编辑部收到数千件信、稿，其中有一封昆明医学院女生来信。我和老编朱熙平出差昆明，我去医学院拜访那位写信的读者。在女生宿舍听她们谴责姑娘爱有妇之夫是不道德的行为，唯有一位女生说："姑娘有爱的权利，有妇之夫有拒绝的权利——"我说，编辑部收到的信稿中99％的人反对，极少数人赞同。天黑了，她们从食堂里打来饭菜招待我。离院时，她们簇拥着我一路说说笑笑，把我送到旅馆。第二天傍晚，我和老朱乘火车去成都。上车不久，听到广播里叫我姓名,说进口处有人找我。我一下子懵了,单位、家人都不知道我行踪,谁找我? 出什么事了? 带着狐疑立刻起身走到车厢口,怕开车,不敢下去,站在那里张望,只见五、六名姑娘像蝴蝶似的从远处飞来,原来为我送行。真想不到,太感动了!

第二次去昆明,我和编辑涛涛组完稿离开那天,天气骤冷,我的一位作者和她的男友送我们上车,站台上她见涛涛衣着单薄,脱下西服上装,从车窗外塞进来,我们不能接受如此"赠送",把衣服推出去,如此再三,她拗不过我们,才不再坚持。

初去成都,人生地不熟,同行好友季一德(不幸早逝)请他的朋友著名诗人流沙河和李某到车站接我,并送我住省招待所。每晚我都约作者读者来招待所交谈。李某天天坐在一旁饶有兴趣旁听。李某毕业于四川大学生物系,旅游途中与季相识,李欲与季建立恋爱关系,季向李提出两地分居怎么办? 有了孩子怎么办? 等八个"怎么办",李向我诉说苦衷。我帮她分析季一德思想,使她了解拒绝原因。临别时,她送我上车,含泪握别。火车徐徐离站,我见小李立在站台上目送,直至不见她的身影。

在芜湖,我和曹文娟想与大学生交流思想,一天晚上,我们闯进安徽师范大学宿舍,向学生表明身份,其他宿舍里的学生闻讯赶来,把房间挤得满满当当,连门口、窗外都站满了人。交流中,我收到学生四、五张纸条,要求与我个别谈。施玲同学送我们时,告诉我她的父亲在黄山工作,此去黄山别忘找他。后来她到上海求师,我陪她拜访上海电影译制片厂乔榛。另一次她来上海,恰逢我女儿结婚,邀请她坐在我身边参加婚宴。一来一往,建立了忘年交。

我和丁翔华去沈阳《当代工人》杂志社，该社老总要我向他们的编辑谈谈如何当好编辑。我说，主观讲效果不好，你出题，我回答。他提出五个问题，我挨次回答，讲完一题，停下来请同行提问，我再补充回答。离开沈阳去北京，老总派青年编辑白墨陪我们同往，说是"见习组稿"。

我和老朱在昆明曾经关心过一位出走的重庆姑娘，疏导她尽早回家。而后，我们到重庆去看这位姑娘，她的父母热情接待我们。临别前，姑娘知道我们欲乘长江三峡轮船至武汉，回上海，她主动为我们夜晚排队买船票，并送我们上船，依依惜别。

我与李谷一相识，也认识了她的爱人，她的爱人肖卓能在海洋局工作，我去海洋局组过稿。那次，认识了徐某，她向我说了许多爱好和追求，我谈了自己一些看法，解决了她的困惑。离京时，她坚持送我上火车，走进车厢，遇上我的同行好友郝铭鉴。后来，这位文字学家在一篇文章中说我"极有人缘"。

离别见情分。前尘往事过去多年，忆想那些人相送的情景历历在目，心中仍然会唤起阵阵暖意。我是无名之辈，之所以得人厚爱，一是因为《青年一代》深受读者喜爱，再就是我把读者、作者当亲友，真心实意和他们交往。

岁月流逝，思念仍在，往年那些相送人，我仍留在记忆深处。

马小华：感受美好

　　我曾是《青年一代》的忠实读者，年轻时遇到过一些迷茫和困惑的事，《青年一代》曾给予我及时的点拨和帮助，我把它视为好朋友。今天通读吉老师的《手记》，如同遇见一位久违的老朋友，亲切之情油然而生。也许现在的小字辈很难理解，但在那个年代，这本刊物是我们了解社会、了解同龄人生活情感经历的重要途径，同学朋友聚在一起时，传看、讨论《青年一代》似乎成了不成文的主要内容。现在虽然网络普及，了解各类信息的渠道很多，但总感到缺少一种理解，缺少一种亲和力。看了吉老师的《手记》方才醒悟到，原来《青年一代》的编辑是把自己的真情、真心倾注其中，难怪它有这么大的吸引力，这是我不曾想到的。

　　吉老师给我的第一感觉是真。作为著名刊物的编辑，他有机会走近名人。而在他的笔下，名人却不是我们通常所见的那么光鲜耀眼，仿佛是不食人间烟火的符号。他眼中的李谷一只是一个体贴家人、擅长烹调的家庭主妇，生活中琐碎的家务，她做来得心应手，完全就是一个熟悉的普通人。优雅美丽的秦怡并不因为社交活动繁忙而把小事忽略，她不小心把借阅的书遗失了，虽然不是重要的书，虽然图书馆也已做了妥善处理，但她仍然想方设法从熟人手中买下并归还。还有褪去光环、勤奋读书的黄帅,还有低调生活的官二代——这样的名人呈现在读者面前,就像平常生活中的普通人,感觉更真实、更具亲和力。

当然贯穿在全书中更多的是吉老师的善。他的善不是针对特定场合,不是针对特定的人,只要遇到需要帮助的人,他的善很自然就流露出来。比如:在出差的途中,当他发现因与父母赌气而离家出走的姑娘时,他以一个长者、老师的身份,耐心开导劝慰年轻人,及时制止了年轻人的鲁莽,不仅让焦虑的家长宽心,更让姑娘明白了许多做人的道理,回家后的姑娘以崭新的面貌投入到工作中,取得了可喜的成绩。又比如:年轻人都会有自己的梦想,但为梦想辛勤付出的人不一定就能成功。热心的吉老师却愿意为毫不相干的年轻人推荐引路,帮助他们圆自己的梦。《青年一代》是一本面向大众的刊物,它是大众信赖的知心人,那些在生活中碰到困难、感情中遇到麻烦、家庭中发生矛盾的人经常会找到吉老师求助,面对这样的求助者,他既没有拒之门外,更没有居高临下,这时的他就像朋友一样耐心倾听诉说,并会尽自己的所能给予帮助。他会借出差的机会,替素不相识的求助者传递信息;给感情的迷惑者以及时的提醒和忠告;善良的他不愿看到因轻率而导致家庭破裂,他会像亲人一样时时关心着——这样的事例有很多,很难想象这样一位资深的媒体人,能够放下身段为平民百姓服务,这让我非常感动,也让我心生敬意!

在书中我还看到了吉老师风趣的一面。作为媒体人,既有云游四方、令人羡慕的潇洒时光,亦有遭遇尴尬的烦恼事。早年吉老师曾在九华山的尼姑庵招待所住过,仅一个晚上,那里的大老鼠就把他所带的食品咬个遍,连带把他的旅行袋拉链一并咬坏,按理他可以向尼姑庵招待所讨个说法,可好心的他却只是向尼姑服务员建议把老鼠捕杀掉,岂不知在出家人面前讲杀生,他犯大忌了。那个尼姑服务员非常淡定,根本不把他当回事,只把所有的话压缩为四个字"阿弥陀佛"。看到这里,我忍不住笑了。不得不佩服吉老师,把令人烦恼的遭遇转为有趣的事,真是一个生性豁达开朗的人。

做一个聪明人不难,但要做一个善良的人不易。当然这个付出不只是时间和财富,更需要付出的是真情和耐心。一个人只有看淡名利,不同流合污,不追逐世俗,心无杂念,才能静下心认真去做身边的事。一个生性乐观的人,他的心就是一片晴朗的天空。读吉老师的《手记》,仿佛回到了年轻时代,仿佛听到了良师益友般长者谆谆教诲的话语。

（写于 2013 年 1 月 5 日）

注:马小华女士读《一个编辑的手记》,写感言邮我。我与马女士不相识,她能如此读书读人,深为感动! 载文略删,致谢!

郝铭鉴：一颗年轻的心

屈指算来，和老吉的交往，断断续续，疏疏密密，已经整整有四十年。四十年间，世事沉浮，人情冷暖，经历了多少人生变故，但这一切在我们之间，似乎没有留下什么痕迹。

记得第一次见面，是在 1969 年，老吉手拎一只人造革包，到我们单位来组稿。他当时是一家以"造反"为特色的报纸的言论编辑。我印象中，此人身材魁梧，腰杆挺拔，一副军人气概，可以肯定在部队里待过；但他说起话来，却是慢声细语，乡音浓郁，脸上还一直挂着微笑，没有一点"造反派"的脾气。我很欣赏他的这份随和，这份亲切，于是一见如故，相谈甚欢，套用一句用烂的话，"大有相见恨晚之感"。

1972 年底，本人身不由己，到了市"文教办"。办公室就在外滩的那座圆顶建筑里面。在那荒唐的年代里，一腔热忱而又十分幼稚如我辈者，生活中充满了困惑。我经常独自站在办公室的钢窗前面，望着黄浦江上来来往往的船只发呆。让我感到惊喜的是，老吉不久也调到了市总工会，我们的办公楼紧挨在一起，中间只隔着一条窄窄的九江路。从此，串门成了我们的一项日常"功课"，不是他串到我这里，便是我串到他那里。陷身于令人窒息的政治空气中，私下里不设防的交谈，让我们都感到是一种精神上的抚慰。

1978年春夏之交，我如愿离开了机关，结束了"钦差大臣"的生活，到了上海文艺出版社。一切又将重新开始。真像冥冥之中有人安排似的，老吉又紧随我之后，到了同在绍兴路上的上海人民出版社，成了《青年一代》的一位编辑。他找到了自己真正能够施展聪明才智的舞台。我们的串门于是也从外滩转移到了绍兴路。我又一次成了老吉的作者，非但是作者，还是参谋，策划选题，评论刊物，参加笔会，凡是《青年一代》的事，有请必到，不请也到。

在中国当代期刊史上，《青年一代》是应该写上一笔的。它无疑是一个时期的青年刊物的旗帜。《青年一代》的创始人夏画先生，以自己的政治敏感和文化智慧，选择了准确的读者定位。老吉以及颜安、何公心、矫孟山、余志勤、谢燕华等几位"开国元老"，无不视刊物如生命，他们敢于开拓，善于组织，共同创造了《青年一代》的辉煌。那段日子，老吉言必谈《青年一代》，这几乎是我们交流的唯一主题。他对自己的刊物，梦牵魂绕，念兹在兹，心为之谋，情与之系，生命与之融为一体。《青年一代》能达到那样的历史高度，与拥有老吉这样的编辑是分不开的。

老吉极有人缘，或者说是人脉。作为青年刊物的编辑，他并不具有年龄优势，却拥有一大批青年朋友。每一次组稿，每一次采访，最后都会收获一段友谊，留下一串故事。青年人愿意向他敞开心扉，交流人生的感悟，甚至袒露心里的秘密。别看他是一个大男人，其实却具有慈母情怀。他最大的特点是善于倾听，认真地倾听，真诚地倾听，善良地倾听。他以善解人意、助人为乐赢得了青年朋友的信任和喜爱。所以，编辑任务完成了，友谊仍在继续。老吉的朋友遍天下。做编辑做到这个份上，是让人羡慕而且敬佩的。

老吉十分重视编辑能力，他的组稿艺术，是一向为人所称道的，凡是老吉出马，总能马到成功。他靠的不是一时的侥幸或者廉价的逢迎，而是对人的理解、体谅和尊重。比如黄帅，这位"文革"中的风云人物曾一夜成名，但也在"四人帮"一手导演的那场闹剧中身心俱疲，后来不得不把自己包裹起来。老吉在向她组稿前，反复分析对方的心理，最终以他发自肺腑的热情，融化了对方心头的坚冰，顺利完成了组稿任务。比如黄维，这位曾是"国民党战犯"的大人物，早已洞穿世事，淡泊人生，拒绝一切采访。老吉却千方百计地了解到了他对"永动机"的浓厚兴趣，并以此为话题，激发了老人的谈话欲望，让他回顾了自己的风云人生。老吉的不少组稿或采访经历，都具有作为"案例"的价值，蕴藏着丰富的编辑智慧。

———

（2009 年 10 月）

注：上文原载郝铭鉴著作《心中要有块石头》（全文略有删节）

后 记

　　我五十岁进上海人民出版社,任《青年一代》编辑、记者,到退休年龄,单位回聘我五年,一直干到六十五岁离开,足足在《青年一代》工作了十五个春秋。

　　十五年经历的事情甚多,于是写了一本《一个编辑的手记》,主编夏画、同事何公心读后提出意见,说我没有写出《青年一代》辉煌。我表白:"《青年一代》的辉煌应由主编写,他掌管全局,我只知局部,我写不恰当。"我说的是真心话。

　　此说一去十年,每每想起,总觉这件大事没有完成。去年,中西书局出版我的《老吉随笔》,责任编辑张安庆对我说:"你应该写写《青年一代》的辉煌,你有亲身经历,不写很可惜!"言后,他又加了一句:"你写出来,我们出版。"这话对我触动很大,张安庆同志了解《青年一代》曾在社会上产生过的巨大影响,他和我的主编、同事有同样想法,他们都说写《青年一代》的辉煌很有必要,它应该在期刊史上留下文字记录。

　　主编和我都已风烛残年,不能再等,应该尽快动笔,一股写作冲动油然升起——让我套用一句大家熟知的语式:我不下笔墨,谁下笔墨?!

怎样写？不写全部，只写辉煌的七年。

写什么？不说理论，只写自己亲历的事。

于是，顺着思路，查阅资料，写好一篇，再想一篇，一篇篇往下写，经过半年努力，终于写出了61篇短文，分7个栏目，呈现在读者面前。

这里必须说明，《青年一代》的辉煌不是哪一个人能够创造的，它是由全体编辑共同努力的结果。"众人拾柴火焰高"，我只是其中一个拾柴人。

此书能与读者见面，寻根追源，是主编夏画及同事何公心在我心里播下了种子，是热心同行张安庆大力催生结出的果子。"孩子"生下来了，自己喜爱，不知是否能获得别人欢喜？不管怎样，我遂了心愿，交了考卷。

图书在版编目(CIP)数据

亲历《青年一代》辉煌时/吉传仁著.—上海:上海三联书店,
2019.6
ISBN 978-7-5426-6652-9

Ⅰ.①亲… Ⅱ.①吉… Ⅲ.①纪实文学-中国-当代
Ⅳ.①I25

中国版本图书馆 CIP 数据核字(2019)第 056337 号

亲历《青年一代》辉煌时

著　　者／吉传仁

责任编辑／黄　韬
装帧设计／徐　徐
监　　制／姚　军
责任校对／王凌霄

出版发行／上海三联书店
　　　　　(200030)中国上海市漕溪北路 331 号 A 座 6 楼
邮购电话／021-22895540
印　　刷／上海肖华印务有限公司

版　　次／2019 年 6 月第 1 版
印　　次／2019 年 6 月第 1 次印刷
开　　本／890×1240　1/16
字　　数／100 千字
印　　张／7.875
书　　号／ISBN 978-7-5426-6652-9/I·1507
定　　价／38.00 元

敬启读者,如发现本书有印装质量问题,请与印刷厂联系 021-66012351